m

s a

l

l c

o

l

e

l

c

t

i

g

n

small
collecting

무용하고
아름다운 것들을
기록합니다

작은 수집, 스몰컬렉팅

small
collecting

youngmin
영민 지음

작고 무용하지만

내겐 더없이 아름다운 것

혹시 있나요?

스쳐지나가는 순간을
붙잡고 싶어 시작한 기록

작은 수집,

스몰컬렉팅을 소개합니다.

prologue

작은 수집을 권합니다

가게에서 물건을 살 때면, 혹시 선물용이냐며 "포장해 드릴까요?" 묻는 곳이 종종 있습니다. 그럴 때 저는 언제나 포장해달라고 답합니다. 스스로에게 선물하는 기분을 내고 싶기도 하지만, 리본과 포장지가 탐난다는 이유도 큽니다. 문을 나서며 가게 명함과 영수증도 꼭 챙깁니다. 돌아오는 길에는 무언가를 줍기도 하고 눈에 들어오는 장면이 있다면 사진을 찍기도 해요. 집에 돌아와서 사온 물건의 포장을 조심스레 뜯은 후, 도면함과 파일에 오늘 수집한 리본, 포장지, 영수증들을 정리해서 넣습니다.

한때 단정하고 물건이 거의 없는 집을 꿈꿨습니다. 필요한 것들만 있는 미니멀한 집들을 보면 눈이 시원해지고 간결한 삶이 시작될 것 같잖아요. 하지만 수집이 취미고, 수집한 것들로 무언가를 계속 만들어나가는 맥시멀리스트에 가까운 저 같은 사람에게는 이루기 힘든 목표라는 사실을 받아들였습니다. 어쩐지 물건은 줄어들기보다는 늘어나는 특성이 있는 것 같아요. 버릴 수 없으니 정리라도 잘해보자고 생각해 어떤 것은 파일에, 어떤 것은 서랍에, 어떤 것은 박스에 여기저기 나름의 기준을 세워 테트리스를 하듯 공간에 딱 맞게 배치하는 기술이 생겼습니다.

저는 프리랜서 일러스트레이터 겸 작가입니다. 그동안 경험한 것들로 몇 권의 책을 출판했습니다. 출판사를 통해 정식으로 낸 책도 있고, 혼자서 자유롭게 만든 독립출판물도 있는데요. 이 책들의 바탕이 된 것은 그동안 일상과 여행에서 모은 저만의 작은 수집품들과 그걸 담은 노트들이었습니다.

제 방식은 무에서 유를 끌어내는 방식은 아닙니다. 언제나 시작은 '수집'이었고, 그다음은 수집한 것들을 저만의 방식으로 다시 보고 엮는 일이었습니다. 그 작업은 어떨 때는 무척 의식적으로, 때로는 힘을 빼고 숨 쉬듯이 이뤄졌습니다. 많은 노트와 페이지들이 반쯤 채워지다 멈췄지만, 수집과 창작을 오가는 이 일이 저를 키웠습니다. 더 잘 보는 사람으로, 아름다운 것들을 더 잘 발견하는 사람으로, 그리고 그것을 나만의 언어로 표현할 줄 아는 사람으로요.

이 책에 들어갈 사진을 찍겠다고 온갖 곳에 쌓인 저의 작은 수집품들을 모두 꺼내 바닥에 펼친 적이 있어요. 온 방이 한동안 발 디딜 틈이 없었습니다. 편지, 우표, 만들다 만 노트들, 티켓, 사진, 메모, 드로잉… 끝도 없더군요. 어쩐지 골동품 시장에 온 것 같기도 했고요. 수집의 역사가 수평으로 펼쳐지고, 오래된 기억과 최근의 기억들이 마구 뒤섞였습니다. '아니, 이런 것도 있었네?' 수집품들을 들여다보며 잊고 있던 기억들과 아이디어와 영감들이 새로 떠오르기도 했습니다.

어떤 것을 해보고 너무 좋으면 주변에 추천하고 싶은 마음이 들곤 합니다. 누군가는 아침에 일찍 일어나기를, 누군가는 조깅을, 누군가는 독서를 추천하죠. 저는 여러분께 작은 수집, '스몰컬렉팅'을 추천하고 싶어요. 글을 쓴다는 것은 주제에 대해 더 많이 생각하고, 더 자세히 들여다보는 일입니다. '이게 참 좋은데, 어떻게 표현이 안 되네' 하던 것이 이 책을 쓰면서 조금 더 정리되었어요. 그래서 전보다 자신 있게 같이 스몰컬렉팅을 해보자고 말할 수 있게 되었습니다.

제가 어떻게 스몰컬렉팅을 시작했는지, 그 수집과 창작의 이야기를 들려드리는 chapter. 1, 실제로 수집하고 그걸 정리해 스몰컬렉팅북으로 만드는 과정과 팁을 담은 chapter. 2, 3을 준비했습니다. 건강에 좋은 것도, 돈이 되는 것도 아니지만 분명히 여러분의 일상에 새로운 시선과 기분 좋은 변화를 가져다줄 것이라고 믿습니다.

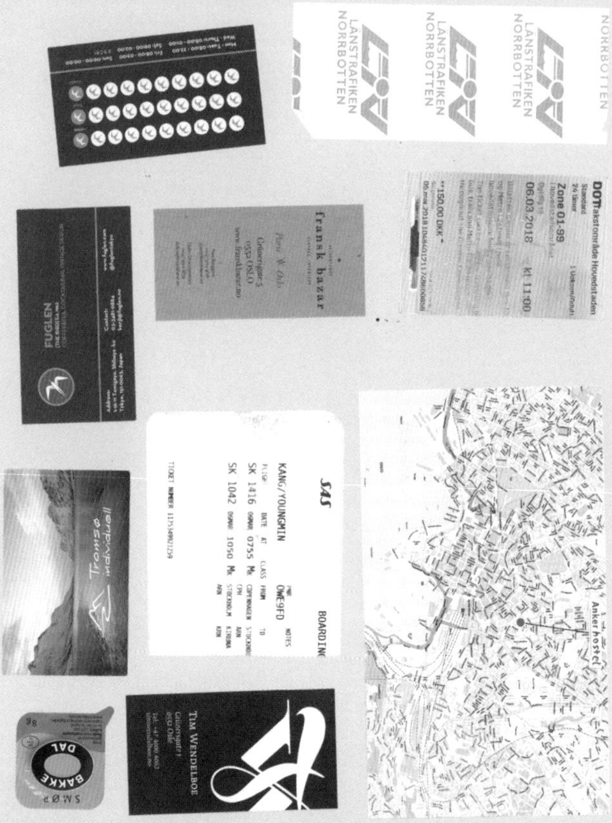
LÄNSTRAFIKEN NORRBOTTEN
DOT Takstområde Hovedstaden
Zone 01-99
06.03.2018 kl 11:00
150,00 DKK
fransk bazar
Grünersgate 5
0552 OSLO
FUGLEN
SAS
BOARDING
KANG/YOUNGMIN
SK 1416
SK 1042
Anker hostel
Tromsø individuell
TIM WENDELBOE
SMØR
BAKKE DAL

small collecting

prologue

chapter. 1

나의 스몰컬렉팅

chapter. 2

수집하기

chapter. 3

실전! 스몰컬렉팅북 만들기

epilogue

o

small

e

c

l

l

i

n

나의 스몰컬렉팅

t

chapter.1

g

c

small collecting

작은 수집,
스몰컬렉팅

'수집'의 뜻을 사전에서 찾아봅니다.

수집 : 취미나 연구를 위하여 여러 가지 물건이나 재료를 찾아 모음. 또는 그 물건이나 재료.

수집은 어떤 대상을 모으는 행위를 말합니다. 그 대상은 미술품이 될 수도, 우표가 될 수도 있습니다. 우리는 '특정한 것을 꾸준히 모으는 사람'을 '수집가'라고 부르죠.

제가 수집을 좋아한다고 하면, "그럼 어떤 것을 수집하세요?"라는 질문을 받는데요. 대부분은 그냥 "이것저것이요" 하고 얼버무리곤 합니다. 그 자리에서 한마디로 표현하기엔 수집하는 것들이 너무 다양하고, 혹은 주제가 없어 보이거나, 어쩐지 이해받지 못할 것 같은 것들이거든요. 그래서 저는 스스로를 '수집가'보다는 '수집을 좋아하는 사람'으로 소개하고 싶어요.

저는 나중에 지금 이 순간을 기억할 수 있는 조각, 파편들을 다양한 방식으로 모으고 기록해요. 어떨 때 그 조각은 영수증이기도 하고 어느 때는 주운 나뭇잎이기도 해요. 때로는 종이 한 귀퉁이에 남겨둔 끄적임이기도 합니다. 이렇게 제가 수집하는 것들은 특정한 한 가지가 아니에요. 오히려 모든 것에 가깝습니다.

'수집', '수집가', '컬렉팅'이라고 하면 무척 거창하게 느껴지곤 합니다. 어쩐지 상상 속의 컬렉터들은 값비싼 옷을 차려입고 갤러리를 거니는 그런 이미지잖아요? 이 책에서 제가 제안하는 수집은 그것보다는 도토리를 모으는 다람쥐, 반짝이는 것을 찾아 나르는 까마귀에 가까운 느낌입니다. 그래서 수집Collecting 앞에 '작은'이란 뜻의 형용사 'small'을 붙여보았습니다. 소박하고, 별것 아닌 느낌이 들어 좋습니다.

지금 이 순간을 기억하기 위해
나만의 작고 소소한 수집품들을 쌓아나가는
스몰컬렉팅이란 무엇일까요?

스몰컬렉팅은 영수증, 쪽지, 이파리 등 남들에게는 그리 대단한 일은 아니지만 내게는 의미를 지닌 것들의 모음입니다. 내가 먹고 보고 내가 살아가는 동안 겪는 모든 것들이 수집품이 될 수 있습니다.

누군가에겐 쓸모없지만 아름다운 것이고요. 생활에서 작은 조각들을 수집하며 세상을 관찰한 기록입니다. 가만히 들여다보면 모은 사람의 취향이 보이는 것, 그리하여 내가 어떤 것을 좋아하는 사람인지를 알게 되는 것. 바로 스몰컬렉팅입니다.

Real Jardín
Botánico
PLANO-GUÍA
GUIDE-PLAN
REAL JARDÍN
BOTÁNICO

small
collecting

nall
ting

ll
cting

small
collecting

small
collecting

small
g

g

g

여행 중 그날그날 모은 수집품. 전시 티켓과 브로슈어, 서점에서 산 작은 화집, 우연히 들어간 상점에서 구입한 책갈피 등을 모았습니다.

수집가의 자세

땅을 보고 다니는 사람
무언가를 줍는 사람
두리번거리는 사람
자꾸 멈춰 서는 사람
어디서나 아름다움을 발견하는 사람

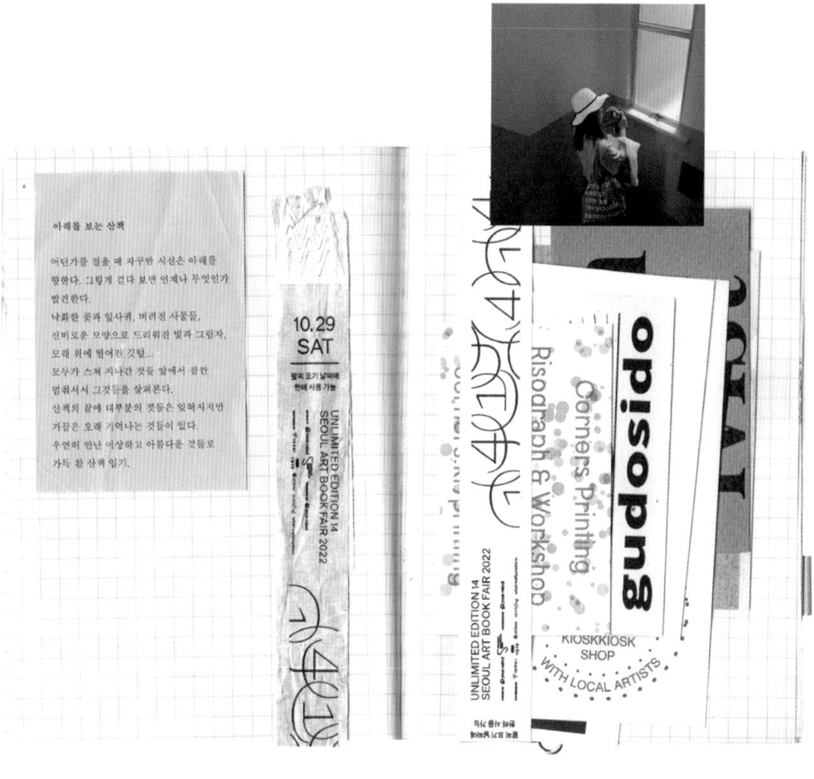

small collecting

수집의 기쁨

마르셀 프루스트의 자전 소설 『잃어버린 시간을 찾아서』는 프랑스 현대 문학에서 중요한 자리를 차지하는 작품입니다. 작가가 무려 14년 동안 집필했고, 완역본은 13권에 달합니다. 특히 주인공의 내면을 무척이나 긴 '의식의 흐름 Stream of consciousness' 기법으로 서술하는데요. 이 책에서 가장 유명한 부분은 이 모든 이야기가 시작되는, 주인공이 홍차와 마들렌을 먹는 장면입니다. 주인공은 어머니가 가져다 준 마들렌 조각과 홍차 한 모금이 입천장에 닿는 순간, 그 향이 퍼지며 잊고 있었던 추억들이 되살아나고 그는 과거로 빠져듭니다.

문학청년을 꿈꾸던 대학생 시절, 저는 '그 마들렌 나오는 소설'을 제대로 읽겠다는 도전 정신으로 야심차게 이 책을 함께 읽는 4주짜리 수업에 등록했습니다. 소설이 풀어내는 사람과 장소에 대한 장황하고 끝없는 서술은 자꾸만 저를 잠의 세계로 이끌었습니다. 책에 서술된 내용인지, 아니면 꿈에 나왔던 내용인지 기억나는 줄거리는 가물가물합니다. 하지만 주인공이 마들렌을 먹으며 과거를 떠올리는 장면과 '나도 어떤 계기로 아주 생생하게 과거의 순간으로 돌아가는 경험을 하고 싶다'고 느꼈던 감상만큼은 강렬하게 남아 있어요.

소설의 이 도입부가 유명해진 이유는, 이야기의 시작점이어서도 있지만 많은 사람들이 한 번쯤은 겪어본 경험이기 때문일 거예요. 주인공에게 홍차와 마들렌이 과거의 순간으로 돌아가는 열쇠가 되어주었듯, 저에게도 이런 역할을 하는 것들이 있습니다. 어떤 수집품들을 만지고 있으면, 그것을 줍던 순간을 다시 재생할 수 있을 만큼 기억이 생생하게 떠오릅니다.

깃털을 만지면 포르투갈 코스타노바의 눈부신 바닷가가 떠오르고요. 빛바래 낡아가는 열차표를 꺼내어 들 때면, 기차역에서 만났던 친절한 파란 눈의 청년이 생각납니다. 납작하게 말린 수국을 보면 제주도의 수국밭이 펼쳐집니다. 저만의 수집품을 떠올리며 바닷가의 기억을, 수국밭의 기억을 다시 조심조심 꺼내봅니다.

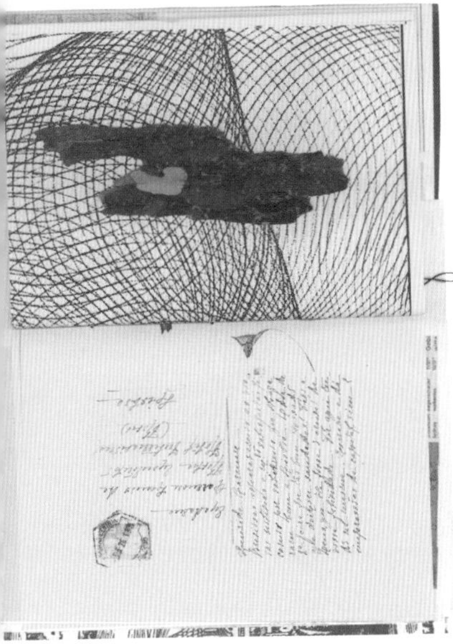

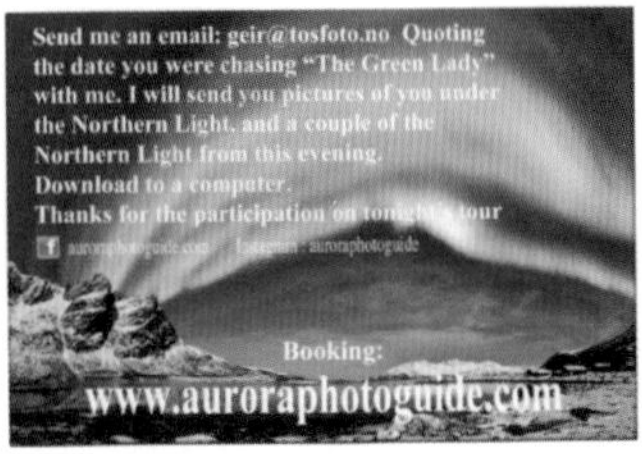

norwegian

CLASS: Yx SEAT: 12F

KANG/YOUNGMIN
D8 1641 11MAR
FROM OSLO/OSL
TO EDINBURGH/EDI

DEPARTURE TIME: 14: 50

SEQUENCE NO: 0153

SEAT: 12F

CLASS: Yx
DATE: 11MAR

SEQUENCE NO: 0153

BOARDING PASS:

FLIGHT NO: D81641 BOARDING TIME: 14: 20 GATE:

NAME: KANG/YOUNGMIN
FROM: OSLO/OSL
TO: EDINBURGH/EDI

오래전, 필름 카메라로만 사진을 찍던 시절에는 사진 역시 훌륭한 수집품이었을 거예요. 필름을 끼우고, 구도를 잡고 초점을 맞춰 셔터를 누르고, 인화를 해야 한 장 한 장이 손에 쥐어지니까요. 하지만 요즘은 모든 것이 너무 쉬워졌어요. 1초에 연속 촬영으로 27장을 찍을 수 있다고 하니 한 롤의 필름으로 찍을 수 있는 사진을 1초 만에도 찍을 수 있겠네요. 늘 그렇지는 않지만 어떤 것을 소유하는 일이 쉬워질수록, 가진 것이 많아질수록 그 가치가 중요하지 않게 느껴지기 쉽습니다. 이제는 많은 것들이 디지털로 대체되고 있습니다. 티켓이나 영수증도 모바일로 발급되고요. 사진도 필름이 필요 없습니다. 어쩐지 섭섭한 마음이 들어요. 디지털 세계의 액정에 갇힌 무언가보다는 아날로그적인 것, 실제로 손에 잡히는 것들이 점점 더 소중해집니다.

어느 날, 친구에게서 "이걸 보니 네가 생각났어"라며, 예쁜 한지 봉투 세트를 선물 받았습니다. 제게 수집하는 취미가 있다는 것을 아는 친구가, 제가 무엇인가를 넣어둘 것을 상상하며 선물한 것이지요. 고심 끝에 저는 이 봉투에 요즘 들고 다니는 일회용 카메라로 찍어 인화한 사진을 넣기로 했습니다.

27장만 찍을 수 있는 일회용 카메라의 제한은 '지금 이 장면을 소중한 27장 안에 넣을 것인가'를 고심하게 합니다. 필름 카메라는 찍은 사진을 바로 확인할 수 없어요. 27장을 다 찍고, 현상과 인화를 맡기고 나서도 며칠 후에나 볼 수

Dia:
Kodak

있죠. 그렇게 기다린 다음에야 예상치 못한 결과물(좋은 의미로도, 나쁜 의미로도)들을 실제로 만나게 됩니다. 사진에 들어있는 것은 내가 마음을 빼앗겼던 순간입니다. 그 순간을 다시 꺼내보는 것은 나를 다시 행복하게 해줍니다.

아름다웠던 순간을 다시 재생할 수 있는 작은 조각들을 수집하는 것. 언제든 그 장면을 떠올릴 수 있도록 잘 정리해두는 것. 그리고 그것을 열어보며 가끔 기억을 꺼내보는 것. 이 모든 것은 분명한 수집의 기쁨, 스몰컬렉팅의 행복입니다.

나의 첫 번째
'스몰컬렉팅북'

여행 중에는 대체로 정신이 없고, 보고 싶은 것과 찍고 싶은 것이 넘쳐납니다. 심지어 그 여행지가 뉴욕이라면 더 말할 필요가 있을까요? 2015년 겨울, 한 뷰티 브랜드에서 딱 한 사람만 뽑아 뉴욕으로 보내주는 이벤트가 있었습니다. 놀랍게도 그 단 한 명으로 당첨이 된 저는 공짜 뉴욕행 비행기를 타고, 기록적인 폭설이 내린 뉴욕에 도착했습니다.

뉴욕 여행 내내 하루하루를 알차게 보내고 싶어서 안달이 났었습니다. 저에겐 이런 특별한 기회가 아니면 쉽게 오기 힘든 곳이었고, 다시 올 수 없을지 모른다고 생각했어요. 아침이 밝으면 눈 뜨자마자 무언가를 보고 경험하기 위해 거리로 뛰어나가곤 했습니다. 미술관에서는 단 한 순간도 카메라를 놓지 않았고, 한국에서 사기 힘든 특별한 것들을 사기 위해서 온갖 가게들을 찾아다녔죠. 그러니까 사진과 쇼핑에 집중했다는 이야기입니다. 하루에 한두 번씩 인스타그램에 네모난 사진을 올리는 것도 잊지 않았고요. 저는 그것으로 기록은 충분하다고 여겼으며, 이 이상 알차게 보낼 수 없다고 자신했습니다.

약 2주 동안의 정신없이 바빴던 뉴욕 일정이 끝나고, 한국으로 돌아가는 날. 비행기가 연착되는 바람에 출발까지 네 시간이나 남아버렸습니다. 이 애매하게 긴 시간을 면세점을 구경하면서 보낼 수도 있었겠지만, 저는 이미 모든 쇼핑 욕구를 불태워서 재가 되어버린 상태였고 (더불어 지갑도) 더이상 무언가를 사고 싶지 않았습니다.

그래서 공항 내의 스타벅스에서 음료를 한 잔 시킨 뒤 가방 정리를 하기 시작했습니다. 그러다 여행 중에 생긴 티켓이나 브로슈어 등을 모아뒀던 파우치 사이에서 뉴욕에 도착한 첫날에 두 페이지 정도까지만 쓰고 완전히 잊고 있던 몰스킨 미니 노트를 발견했습니다.

문득 이 노트를 채워보고 싶다는 생각이 들었고, 노트를 펼치고 검정색 펜 하나를 꺼냈습니다.

뉴욕에 도착한 첫날의 사진들부터 되돌려보며 노트에 쭉쭉 그림을 그려나가기 시작했습니다. 브루클린 브릿지, 센트럴 파크에서 만난 강아지, 도서관에서 본 문양, 뉴욕의 택시들, 끝내주게 맛있었던 베이글…. 적당히 그려졌다고 생각하면 다음 페이지로 넘어갔습니다. 마음에 안 드는 그림 위에는 버리려고 했던 영수증이나 명함 같은 것을 붙여서 가렸습니다. 하나씩 붙이다 보니 이것도 꽤 재미가 있어서, 주변에 더 붙일 것이 있나 두리번거리기도 했습니다.

노트는 펼쳤을 때 손바닥 정도 크기로, 3분 정도면 한 페이지를 꽉 채울 수 있었어요. 노트가 작았기 때문에 부담이 없었습니다. 잘 그려야 한다, 완성도 있는 무언가를 만들어야 한다는 그런 무거운 마음이 아닌 낙서를 한다는 가벼운 마음으로 손을 움직였습니다. 그렇게 자리에서 한 번도 일어나지 않고 묵묵히 노트를 채워갔습니다. 노트가 몇 장 남지 않았을 때 시간을 보니, 순식간에 세 시간이 지나버렸더라고요. 이제는 진짜 한국으로 돌아가는 비행기를 타야 할 시간이었죠.

흩어져 있던 여행의 경험들이 하나의 작은 노트에 가지런히, 아니 약간 어설프고 러프하게 담겼습니다. 되돌아보면 이것이 저의 첫 번째 '스몰컬렉팅북'입니다. 제가 한 경험, 모은 조각들이 노트에 모여 작은 책이 되었으니까요. 뉴욕 여행을 통틀어 가장 기억에 남는 순간은 이 노트를 채우던 시간이었고, 이 노트는 욕심을 내며 산 어떤 물건들보다 가장 기억에 남는 기념품이 되었습니다.

그날 이후 여행 중에, 혹은 다녀온 후에 수집한 것들을 엮고 창작하여 노트, 책 등의 기록물 형태로 만드는 '스몰컬렉팅북' 만들기를 빼놓지 않고 하고 있습니다. 보고 느낀 것들을 끄적이고 당시를 기억할 수 있는 조각들을 붙이며 무언가를 만드는 것이 얼마나 신나고 특별한 일이 될 수 있는지를 알게 되었으니까요.

New York

From
Brooklyn. NY 11222

From
Brooklyn. NY 11222

From
Brooklyn. NY 11222

From
Brooklyn. NY 11222

From
Brooklyn. NY 11222

From
Brooklyn. NY 11222

아름다움의 소유에 대하여

독서가 취미라고 말하면 너무 뻔하지만, 책을 좋아합니다. 만약 누군가 제게 단 한 권만 꼽아보라고 하면 알랭 드 보통의 『여행의 기술』을 꼭 이야기하고 싶습니다. 몇 달간의 아르바이트비를 모아 생애 첫 해외여행을 떠나는 제 손에 이 책이 들려 있었을 만큼 좋아하거든요. 공항 벤치에 앉아서 책 첫 번째 챕터인 '기대에 대하여'를, 숙소에 도착해서는 두 번째 챕터인 '여행을 위한 장소들에 대하여'를 읽었어요. 이 책이 제 여행 친구이자 첫 여행 선생님이 되어준 것이죠.

알랭 드 보통은 이 책에서 반 고흐, 에드워드 호퍼 같은 예술가들을 안내자로 등장시켜 그들의 사상을 구성하는 요소들을 다각도로 탐구합니다. 그중 제가 가장 좋아하는 챕터는 존 러스킨John Ruskin을 안내자 삼아 서술하는 '아름다움의 소유에 대하여' 라는 챕터입니다. 제가 어디론가 떠나기 전에 꼭 한번 다시 읽곤 하는 부분이기도 해요.

> 아름다움을 만나면 그것을 붙들고, 소유하고, 삶 속에서 거기에 무게를 부여하고 싶다는 강한 충동을 느끼게 된다. (…) 그러나 아름다움은 손에 잘 잡히지 않는다. 우리가 결코 돌아갈 수 없을지도 모르는 곳에서만 자주 나타나거나, 계절과 빛과 날씨가 보기 드물게 조화를 이룬 결과로 나타나곤 한다.
>
> – 알랭 드 보통, 『여행의 기술』, 청미래, 274쪽

그렇다면 아름다움을 어떻게 해야 소유할 수 있을까요? 책에서도 언급되듯 일단 쉽게 떠오르는 방법은 역시 사진 촬영입니다. 하지만 러스킨은 사진에 대해서 회의적이에요. 그는 많은 이들에게 사진 찍기가 보는 행위를 대체하면서, 우리가 전보다 세상에 주의를 덜 기울이게 되었다고 말합니다. 눈부시게 아름다운 장소에 도착했을 때, 어쩌면 오늘만 볼 수 있는 이 순간과 장면을 소유하고 싶다는 마음을 사진 찍기로 때워버린 적이 얼마나 많은지 생각해보세요. 찰칵하고 '인증샷'을 찍은 후 다른 장면을 담기 위해 서둘러 떠나버린 장소들과 욕심내며 찍었지만 다시 꺼내서 보지 않는 사진들을요.

책에서 러스킨은 아름다움을 소유하는 방법으로 드로

잉을 제안합니다. 글이든 그림이든 창작을 통해 시간을 들여 관찰하면서 아름다움의 요인을 파악해보라고 해요. 드로잉을 하면서 얻는 깨달음 중 하나는 '그동안 내가 그것을 제대로 바라보지 못했다는 점'입니다. 매일 지나치는 곳이라 다 알고 있다고 생각했던 공간도, 그곳에서 시간을 들여 드로잉을 하면 곳곳을 더 자세히, 제대로 볼 수 있어요. 아주 작은 특징, 형태, 미묘한 색감을 그제야 깨닫는 거죠. 물론 그림을 그리지 못한다고 불안해하거나 두려워할 필요는 없습니다. 잘 그리기 위해, 보이는 그대로 재현을 하기 위해 그리는 것이 아니니까요.

오래전부터 이 책을 읽어왔지만, 책이 말하는 메시지를 온몸으로 느낀 때는 몇 년 전, 코스타노바의 해변에 간 날이었습니다. 원색의 줄무늬가 그려진 해변가의 집들을 지나 모래 언덕들을 넘어 드디어 바닷가에 도착했을 때, 야속하게도 휴대폰 전원이 꺼져버렸습니다. 사진으로 담고 싶어 미칠 것 같은 이 아름다운 풍경 속에서 제가 할 수 있는 일은 모래사장에 앉아 스케치를 하고, 특이한 모양의 조개껍질과 새의 깃털을 줍고, 최대한 그 공간을 느끼며 기억에 새겨두려 애쓰는 것이었습니다. 그리고 몇 년이 지난 지금까지 사진 한 장 없는 이 날의 바다 풍경은 놀랍도록 생생하게 머릿속에 남아 있습니다.

그 후, 저는 사진을 찍어야 한다는 집착에서 벗어날 수 있었어요. 강박적으로 사진을 찍지 않아도, 이 순간을 더 잘 기억할 수 있는 다른 방식이 있다는 경험은 제 여행을 바꾸어 놓았습니다. 실재에 집중하고, 드로잉을 하고, 메모하고, 수집하며 스몰컬렉팅을 합니다. 조금 더 느긋하게 무언가를 보고 만들면 그 아름다움을 소유할 수 있어요.

small collecting

책이 된 노트,
스몰컬렉팅북

포르투갈로 여행을 갔을 때, 수공예품을 판매하는 한 가게에서 수제 노트를 발견했습니다. 손에 착 감기는 크기, 두툼한 주황색 표지, 아이보리색 내지가 무척 마음에 들었어요. 이 노트를 사고 돌아가는 길에 우연히 귤이 그려진 사탕 껍질을 주웠습니다. 사탕 껍질을 새로 산 노트에 올려보니 마치 제자리를 찾은 것 같았어요. 아주 딱 적당한 여백만 남기고 들어가는 사이즈였거든요. 2017년 출간한 독립출판물 「SMALL COLLECTING BOOK」은 이렇게 시작되었습니다.

여행하는 동안 저는 그 노트를 매일 조금씩 채웠습니다. 날마다 새로운 무언가를 주워 노트 위로 가져왔어요. 배치는 매일 바뀌었고 더 작게 자르거나 다른 요소들을 덧붙였습니다. 페이지들의 균형, 제 나름의 가장 완벽한 순서를 찾기 위해서 노력했습니다. 언뜻 보기에는 수집품을 그냥 척척 붙인 것 같지만 꽤 오랜 고민과 시간이 들어간 노트였죠. 한국으로 돌아올 즈음에 노트는 꽤 마음에 드는 결과물이 되었습니다. 여행에서 돌아온 뒤 제 방은 포르투갈과 서유럽에서 가져온 온갖 것들이 말 그대로 굴러다녔습니다. 정리해야 하는 건 알고 있었지만, 어쩐지 엄두가 안 나는 기분이기도 했고 아직 그것들을 어딘가에 집어넣고 싶지 않았어요. 내 눈에 보이는 곳에 두고 싶었습니다.

친구들이 올 때마다 즉석에서 바닥에 있는 제 작은 수집품들을 집어들어 자랑하곤 했고, 종종 그 작은 노트를 보여줬습니다. 노트를 유심히 보던 한 친구가 말했습니다. "이거 그냥 이대로 책으로 내면 되겠다." 마침 독립출판물 행사에 나가는 것이 예정되어 있었어요. 테이블을 채울 뭔가가 더 필요하지 않을까 생각하던 차에 친구의 아이디어는 즉각 실행되었습니다.

노트를 스캔하고, 아주 간단한 편집을 거쳐 실제 노트와 정확히 같은 사이즈로 프린트 했습니다. 제본은 스테이플러를 찍어서 했고요. 내용은 원본과 거의 똑같지만 달라진 것은 수집품 아래에 도시의 이름이 들어간 것, 표지와 제목이 생긴 점 정도였습니다. 처음 이 노트를 사서 돌아가는 길에 주운 주황색 귤이 그려진 사탕 껍질은 표지에 쓰였고, 제목은 '스몰컬렉팅북'이 되었습니다.

'스몰컬렉팅북'이라는 이름을 붙인 것은 아주 직관적인 선택이었습니다. 노트가 작았기 때문에 '스몰'이라는 형용사가 붙는 것이 어울린다고 생각했으니까요. 하지만 만약 노트가 컸다고 해도 '빅컬렉팅북'이 되지는 않았을 것입니다. '스몰'이라는 어감이 주는 소박하고 단순한 느낌이 좋았거든요. 거창하지 않은 프로젝트의 결과물이라는 느낌 말이죠.

그렇게 노트는 책이 되었습니다.
'스몰컬렉팅북'입니다.

SMALL
COLLECTING
BOOK
Scotland
youngmin
HEINZ
SALAD
CREAM
John Lewis

SMALL
COLLECTING
BOOK
YOUNGMIN
raspadinha
Aranha
da Sorte

수집에서
끝내지 않는다면

그림을 그리는 친구들과 함께 교토 여행을 갔습니다. 다들 여행하며 하는 드로잉에 로망이 있었고, 일정 중에 틈틈이 그림을 그렸습니다.

우리는 숙소를 나서는 순간부터 돌아오기까지 한시도 떨어지지 않았지만 각자 다른 것을 인상적으로 보았고, 다른 것을 그렸으며, 다른 것을 수집했습니다. 계속 같이 다녔는데 이렇게 다를 수가 있나 서로 신기해했죠.

하지만 생각해보면 신기한 게 아니라 당연한 일이에요. 만약 두 사람이 같은 장소에 가서 똑같은 것들을 수집해 왔다고 해볼까요. 그것들을 노트에 붙이는 위치와 방법, 그리는 대상은 모두 다를 거예요. 같은 수집품으로도 다른 결과물이 나오는 거죠. 두 사람이 거의 영혼의 쌍둥이 수준이라,

기적적인 우연으로 똑같은 것을 만들어냈다고 가정해도 그 기록이 가지는 의미까지 같을 수 없겠죠.

스몰컬렉팅북을 만들며 작은 창작을 하면, 경험을 내 방식대로 의미를 부여하며 소화할 수 있어요. 그러니 수집에서 멈추지 않고 수집품을 다시 바라보는 건 어떨까요. 이건 일종의 '다시 읽는 경험'입니다. 다시 읽은 수집품으로 콜라주, 글쓰기, 드로잉, 제본 등 다양한 방법을 사용해 간단한 창작을 하는 것은 '다시 쓰는 경험'이 되고요. '창작'이라는 것이 너무 어렵게 느껴진다면 그림일기 쓰기를 떠올려볼까요.

그림일기는 하루에 있었던 일 중 가장 인상 깊었던 일을 그리고, 내 맘대로 감상을 쓰죠. 스몰컬렉팅북도 그렇습니다. 오늘 수집한 나만의 작고 사소한 물건, 장면 중에서 내게 중요한 것들만 골라서 내가 원하는 배치로 놓아두는 거예요. 수집품의 아주 작은 디테일을 관찰하기, 시간을 들여 다시 바라보고 만지작거리며 친해지기, 새로운 면을 발견하기…. 그렇게 놓아둔 조각엔 어울리는 다른 수집품을 배치해 친구를 만들어줍니다. 흩어져 있던 구슬들을 꿴다고 생각해보세요. 나만의 의미를 찾아주기, 내가 좋아하는 것이 무엇인지 알아갑니다.

스몰컬렉팅북 만들기는 순간을 조금이라도 붙잡고, 모아온 조각들과 함께하고, 내 안에서 머무르게 하다 바깥으로 내보내는 일이기도 하네요. 한 페이지를 완성하고 다음 빈 페이지로 넘어갈 때면, 그제야 하나의 경험이 내 안에서 완결 지어지는 느낌입니다.

ECA Library
Items borrowed.

Title: Sometimes I think, sometimes I am /
ID: 260067
Due: 12/03/2018 21:59:00 GMT

Title: Adrian Berg : paintings 1977-1986 /
ID: 106698
Due: 12/03/2018 21:59:00 GMT

Total items: 2
12/02/2018 17:33

Please return or renew the items by the dates shown.

small collecting

스몰컬렉팅의 마법

여름에 친한 언니와 1박 2일의 짧은 부산 여행을 다녀왔습니다. 오랜만의 여행이라 무척 신났어요. 보고 싶은 것, 가고 싶은 곳 리스트가 너무 길어져 어떤 것을 남겨야 할지 고민하느라 머리를 싸맸습니다. 해운대 백사장에서부터 인기가 많다는 편집숍과 카페, 달맞이 고개에서 오픈한 전시, 요즘 부산 여행을 가면 꼭 타야 한다는 스카이캡슐, 기장 지역까지 둘러보고 숙소로 돌아오니 밤 열 시였습니다. 뜨거운 햇볕 아래 종일 여기저기 쏘다닌 데다가 심지어 술도 한잔했으니 어디 눕기만 했다면 그대로 잠들었을 거예요.

하지만 우리는 침대에 바로 눕는 대신, 각자의 캐리어에 있는 노트를 꺼냈습니다. 여행 계획을 짜다가 제가 지나가듯 "언니, 노트 가져와~ 밤에 그림 그리자!" 무심코 던진 한마디에 언니도 노트를 챙겨왔거든요. 사실 조금 피곤

하고 귀찮았지만, 여기까지 노트랑 스몰컬렉팅을 할 준비물을 가져왔는데 뭐라도 해보자며 숙소의 식탁에 앉았습니다.

노트의 첫 페이지를 펼쳤는데 막막한 기분이었습니다. 하루 내내 그렇게 돌아다녔는데 콜라주를 할 재료가 정말 몇 개 되지 않았거든요. 실물 티켓 대신 모바일로 모든 것이 이루어지는 요즘에는 일부러 모으지 않으면 생각보다 내 손에 들어오는 것이 없더라고요. 남아 있는 것들을 보며 '대체 이걸로 뭘 할 수 있지?' 의문이 들었지만 일단 아무렇게나 붙이기라도 하자, 동그라미라도 그리자는 가벼운 마음으로 페이지를 채우기 시작했습니다.

그러자 신기하게도 어느 순간부터 노트 채우기에 빠져들었습니다. 망설이던 손은 점점 거침없어지고, 막연한 불안은 순수한 즐거움으로 바뀌었습니다. 재료가 충분하지 않다는 제약은 오히려 창조성을 발휘할 수 있는 환경이 되었습니다. 열차와는 전혀 상관없는 내용의 브로슈어를 잘라 기차 모양을 만들어내거나, 야식으로 먹던 안주와 와인에서 떼어낸 라벨들과 병뚜껑을 붙이기도 했어요.

내가 가진 수집품들을 어떻게 활용할지 고민하면서 새로운 것들을 만들어냈습니다. 종일 같이 다녔지만, 전혀 다르게 채워지는 언니의 노트를 보는 재미도 상당했고요. 그렇게 우리는 새벽이 될 때까지 노트와 함께 놀았습니다.

LE PENDU
DU RAISIN

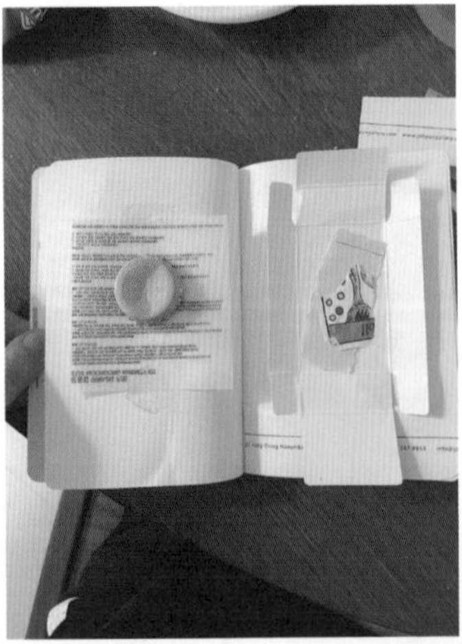

다음 날은 숙소에서만이 아니라 식당, 카페, 해변에서도 노트와 함께했습니다. 음식을 기다리는 잠깐의 시간에도 노트를 꺼냈고, 커피를 한 모금 마실 때는 무언가를 끄적이고 다시 한 모금 마셨습니다. 이 여행이 끝나기 전에 노트를 더 채우고 싶다는 마음도 있었지만, 어젯밤에 맛본 강렬한 즐거움이 스몰컬렉팅을 계속할 힘을 줬어요.

서울로 돌아가기 전, 광안리 해변에 앉아서 백사장을 배경으로 완성된 각자의 스몰컬렉팅북을 영상으로 남겼습니다. 우리는 이 여행이 오랫동안 기억에 남을 것이라는 사실을 여행이 끝나기도 전에 이미 알았습니다. 나만의 방식으로 한 기록과 창작의 즐거움을 더함으로써 여행이 더욱 특별하고 완벽해졌다는 것도요. 이런 기록을 일상에서도, 더 자주, 습관처럼 한다면 어떤 변화가 일어날까요.

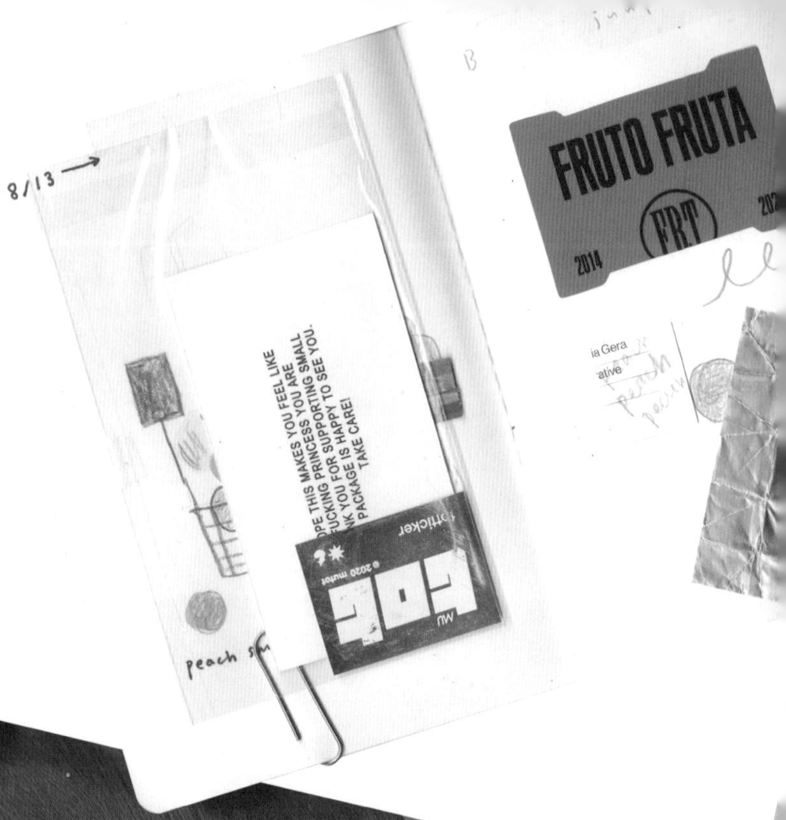
8/13 →
FRUTO FRUTA
FRT
2014
ia Gera
ative
OPE THIS MAKES YOU FEEL LIKE
FUCKING PRINCESS YOU ARE
NK YOU FOR SUPPORTING SMALL
PACKAGE IS HAPPY TO SEE YOU.
TAKE CARE!
© 2020 mufot
peach

NANO
CHALLA
SUMMER
www.johyungallery.com

Gwanganri ESSPRESSO BAR
CASA BUSANO
BUSANO
SHAKERATO ICE

쌓여가는
수집 노트들

원래도 문구를 좋아하긴 했지만, 스몰컬렉팅을 시작한 후로는 어딜 가든 노트를 더 눈여겨보게 되었습니다. 특이한 노트를 발견하면 페이지 위에 어떤 수집품을 올릴지 상상해봅니다. 너무 작아서 한 문장도 끝맺어 쓰기 힘들 것 같은 노트에는 우표를 붙이면 딱일 것 같고, 표지부터 내지까지 모두 진한 녹색 종이로 만든 노트는 자연에서 얻은 수집품들을 붙이면 좋을 것 같네요. 어디선가 공짜로 받은 오선지 노트도 일단 챙겨둡니다. 수집하기 위해 노트를 수집하게 되다니. 이렇게 스몰컬렉팅의 목록은 계속 확장됩니다.

여행에서 시작된 스몰컬렉팅북 만들기는 일상으로도 이어졌습니다. 여행에서 받은 영감들을 일상에 적용하지 못한다면 우리가 어딘가로 떠날 이유가 있을까요. 일상에서는 모을 만한 것이 없다고 생각했는데, 매일 '그냥' 지나

쳤던, '그냥' 버릴 뻔했던 것들이 얼마나 많은지 곧 깨닫게 되었습니다. 공원에 가면 매번 다른 모습을 보이는 이파리들, 빛과 그림자, 오늘 본 영화 속 장면들, 맛있는 커피가 담긴 컵의 홀더, 장을 보고 돌아오면 손에 남는 봉투, 영수증 등….

노트에 무엇이든 붙여보기로 마음을 먹으니 기록하고 붙이고 싶은 것들이 자꾸 보이기 시작했습니다. 손길이 닿으면 보석처럼 반짝반짝 빛날 원석들이 곳곳에 있었어요. 그동안 돌멩이인 줄 알았는데, 자신의 아름다움을 발견해 주기만을 기다리고 있었던 것 같습니다.

수집한 것들을 다시 보는 시간을 가져봅니다. 모아온 것들을 들여다보고 대화하는 시간이죠. 노트에 마음 가는 대로 배치하고 붙여봅니다. 잠들기 전에 조금씩, 어디론가 이동하는 도중에 한 페이지씩. 어떤 장소에 다녀온 여운이 다 사라지기 전에 몇 페이지 더. 노트는 나의 작은 실험실이 됩니다.

가끔은 손바닥 만하고 가끔은 충분히 큰 빈칸들을, 내가 본 것들로, 손에 쥔 조각들로 채워나갑니다.

그렇게 스몰컬렉팅북이 쌓여갑니다.

12 LIGHT BISC
FOR NIBBLIN
75g℮ (Net wt. 2.6oz)
Caramelle Porto 2005
Matisse Cut-outs

small collecting

나의 감각으로
고른 것들을 믿어요

"너 그런 거 왜 모아?"

눈이 펑펑 오는 북유럽 세 나라를 여행한 이야기로 「ARCTIC CIRCLE」이라는 독립출판물을 낼 때, 잊고 있던 오래전 경험이 떠올랐습니다.

저는 눈이 많이 오지 않는 부산에서 태어나고 자랐습니다. 손바닥에 닿자마자 녹아버리는 눈을 보며 감동했던 기억들이 선명해요. 제겐 눈이라는 기후 현상과 그것이 빚어내는 풍경에 동경과 환상이 있었습니다.

그래서 대학 시절엔 눈에 대한 것들을 모았습니다. 여행도 눈이 오는 나라로 갔죠. 눈의 아름다움에 반해서, 관련된 책들을 빌려 읽기도 하고 눈 결정 모양을 따라 그리거나 오리기도 했어요. 홋카이도 여행을 갔을 때는 각 도시마다 그곳의 눈을 퍼서 조그만 유리병에 담아놓기도 했습니다. 그 모든 수집품을 눈이 그려진 파란색 틴케이스에 담았습니다. 작은 보물상자를 만들듯이요.

어느 날, 지나가던 교수님이 제 틴케이스를 보더니 한마디 툭 던졌습니다.

"왜 그런 걸 모아? 너도 참 특이하다?"

얼굴이 새빨개졌어요. 내가 별것 아닌 것에 집착하는 것 같아 부끄러워졌고요. 틴케이스를 집으로 가져가고는, 더이상 열어보지 않았습니다. 그리고 몇 번의 이사를 거치면서 그 틴케이스는 어디에 갔는지 알 수 없게 되었습니다. 버리지는 않았는데 사라져버린 것 중 하나가 되어버렸죠.

지금이라면 그 '특이하다'라는 말을 칭찬으로 받아들였을 거예요. 오히려 '내가 남들과는 다른 시선으로 무언가를 하고 있구나, 더 모아야지' 다짐하면서요. 우리가 무언가를 선택한 것은 이미 자신의 시선과 감각으로 선별된 것들이에요. 남의 이야기를 듣기보다 자신의 감각을 믿어보는 것은 어떨까요?

누군가에게는 무용하고 의미가 없어도 나에게만 있으면 충분합니다.

collecting

small
collecting

small
collecting

small

collecting

small
collecting

small
collecting

스몰컬렉팅 하는 사람

"뭐 하는 분이세요?"

이 질문을 받을 때면 일단 일러스트레이터라고 답합니다. 저는 그림도 그리지만, 사진도 찍고 글도 쓰고 직접 제본한 독립출판물들을 만듭니다. 인테리어에 무척 관심이 많아 여러 번의 셀프 인테리어를 했고 여행을 좋아하며, SNS도 열심히 하고 유튜브도 하고 있죠. 참 여러 일을 하는 사람이네요. 초면에 이렇게 주절주절 길게 답할 수는 없으니 그냥 제 대표 직업인 '일러스트레이터'를 말해버립니다. 그러면 그냥 미술 하는 사람이구나 넘어가시는 것 같아요.

하나에 집중하지 못하고 이것저것 손대는 스스로를 바꿔보려고도 했습니다. 아주 오랫동안요. 자신을 한마디로 말할 수 있는 브랜딩이 중요하다던데, 이것도 저것도 하고 싶은 내 자신이 참 답답했으니까요. 그런데 정신을 차리고 보면 저는 관심사들을 매번 새로운 방식으로 또 쫓고 있더라고요.

이상한 짓들을 꾸준히 하다 보니, 시대가 바뀌어 본캐와 부캐, N잡, 사이드 프로젝트 등이 유행하고 한 분야의 전문가인 스페셜리스트가 아닌 다방면에 관심을 가지고 두루두루 잘하는 사람 역시 어떤 스타일의 하나로 받아들여지게 된 것 같습니다. 다행인 일입니다.

그럼 저는 이것들을 왜 하고 있을까요? 여러 갈래로 뻗어나가는 모든 일은 결국 내가 보고 경험한 것들을 표현하는 다양한 방식일 뿐이라고 생각해요. 다시 돌아오지 않을 지금의 경험들을 이대로 흘려보내기엔 아깝다는 생각에서 많은 것들이 시작되었습니다. 그래서 수집하고, 기록하고, 창작하고, 공유합니다. 어떤 방식으로든, 뭐라도 만들면 그제야 소화가 되었다고 느껴요.

제가 하는 여러 일은 어쩌면 인생에서 여러 권의 스몰컬렉팅북을 만드는 것과 다르지 않은 것 같아요. 살아가면서 만나는 여러 조각을 나만의 시선으로 수집하고 조합하여 무언가를 만드는 사람, '스몰컬렉팅 하는 사람'. 뭐 하는 사람이냐는 질문에 드디어 마음에 드는 대답을 찾았습니다.

SHORTBREAD
DAIRY

스쳐지나가는 순간을 다시 재생할 수 있는
작은 조각을 수집하는 것.

언제든 그 장면을
떠올릴 수 있도록
잘 정리해두는 것.

그리고 가끔 그것을 열어보며 기억하는 것.

이 모든 것은 분명한 수집의 기쁨,
스몰컬렉팅의 행복입니다.

스몰컬렉팅은

오늘 바로 할 수 있는 것,

좋아하는 것들을 매일

더 잘 발견하는 방법입니다.

스몰컬렉팅으로

나의 일상을 내가 사랑하는 것들로

가득 채워갑니다.

이제부터 스몰컬렉팅을 시작해볼까요?

o

small

e

c

l

l

chapter. 2

수집하기

i n t c g

오래된 수집의 기억을 꺼내볼까요

여러분은 무언가를 수집한 경험이 있나요? 모으는 것으로도 모자라서 내내 손에 꼭 쥐고 있고 싶었던 것이 있는지 떠올려보세요. 최근의 기억일 수도 있겠고, 지금보다 순수하던 어린 시절일 수도 있겠죠.

초등 저학년 시절, 저희 집은 신문을 구독하고 있었어요. 매일 아침 신문이 배달되면, 저는 오늘의 TV 편성표 페이지에서 만화 영화 일정을 확인했어요. 그다음 매일 신문 귀퉁이에 아주 작은 사이즈로 실리는 에버랜드 광고를 잘라 모았어요. 이 일을 아주 좋아했습니다. 튤립 축제 개장 공지, 새로운 동물이 왔다는 정보, 야간 개장을 한다는 소식, 아이스크림 쿠폰까지… 우표보다 약간 더 큰 크기의 놀이공원 광고 속 알록달록한 일러스트와 타이포그래피는 어린이의 마음을 빼앗기 충분했죠.

그뿐인가요. 엄마가 보던 잡지에서 마음에 드는 그림이나 글이 있으면 오려서 제 노트에 붙이곤 했어요. 당시에는 엄마 몰래 한다고 했지만, 이미 알고 계셨을 테죠. 뭐가 그렇게 마음에 들어서 자꾸 오려가나 싶으셨을 것 같아요. 빵에 들어 있는 스티커를 모으겠다며 맛있지도 않은 빵을 사먹던 기억도 나고요. 생각해보면 지금 제가 스몰컬렉팅을 하는 것과 본질적으로 변함이 없습니다. 어릴 적부터 하던 일들을 조금 더 의미를 찾으며 하고 있다고 생각해요.

오래된 수집의 기억을 꺼내보세요. 그 기억이 수집의 시작이 됩니다. 누군가에겐 무용하지만 나는 순수한 마음으로 모았던 것들. 그저 재미있어서, 예뻐서 모았던 것들. 여러분에겐 어떤 것이 있나요? 그것을 왜 좋아했을까요?

본가에서 발견한
고등학교 시절부터 대학교 초반까지의 수집품이 담긴 박스

small
collecting

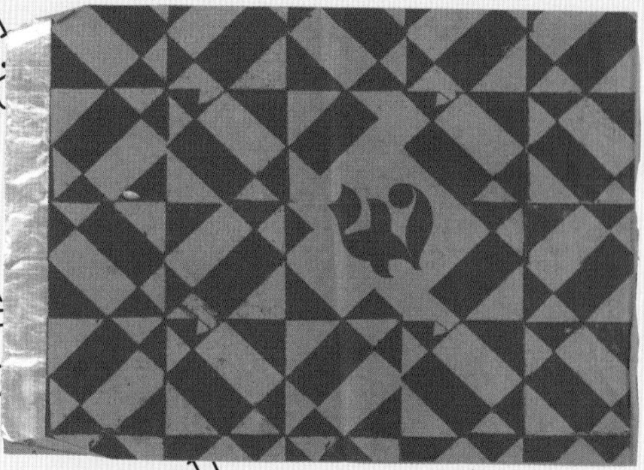

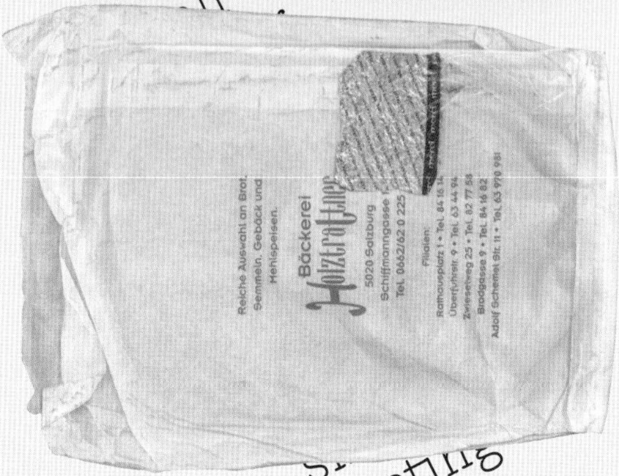

초콜릿 가게에서 받은 포장용 봉투

small
collecting

small
collecting

small
collecting

예쁜 쓰레기
모으는 사람이면 어때요

보통은 쓰임을 다해 쓰레기통으로 들어가는 것이 흔한 포장지, 리본, 영수증, 비닐을 잘 버리지 못하는 편입니다. 실용성은 그다지 없는데 예쁘기만 한 것들에도 마음이 쉽게 사로잡히는 편이고요. 저는 이른바 '예쁜 쓰레기'로 불리는 것들의 '예쁜'에 방점을 찍는 사람입니다.

하지만 생각해볼까요. 다른 이들이야 뭐라든, 내게 의미가 있다면, 아름다움을 발견했다면, 그것으로 무엇인가를 창조한다면 그 물건은 더이상 쓰레기가 아닙니다. 저는 언젠가부터 예쁜 쓰레기 모으기에 당당합니다. "이거 다 쓸데가 있거든요?" 혹은 "이걸로 작업할 건데요?" 하고요.

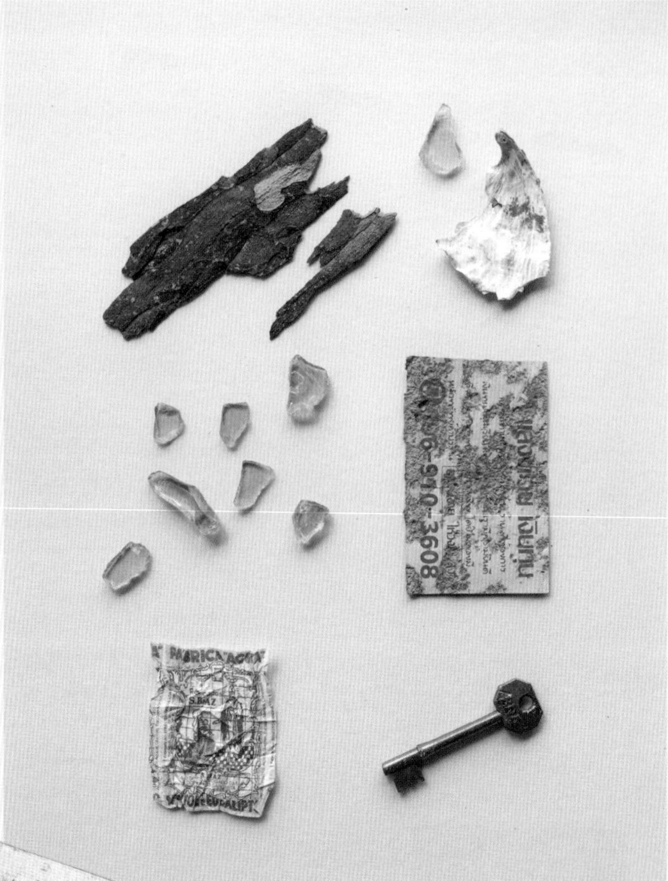

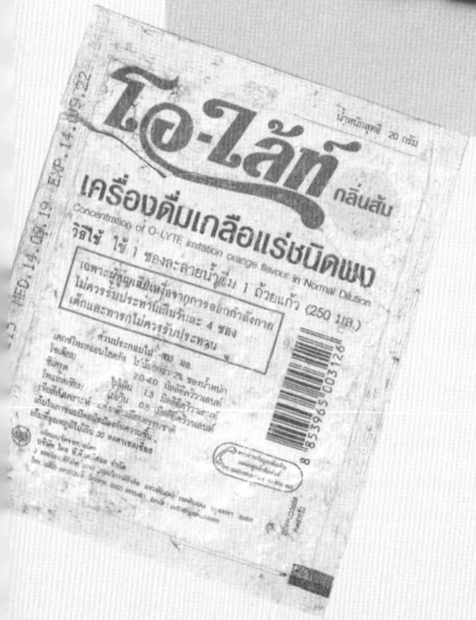
โอ-ไลท์
กลิ่นส้ม
น้ำหนักสุทธิ 20 กรัม
เครื่องดื่มเกลือแร่ชนิดผง
Concentration of O-LYTE imitation orange flavour in Normal Dilution

영국의 오래된 스콘 가게 메뉴판

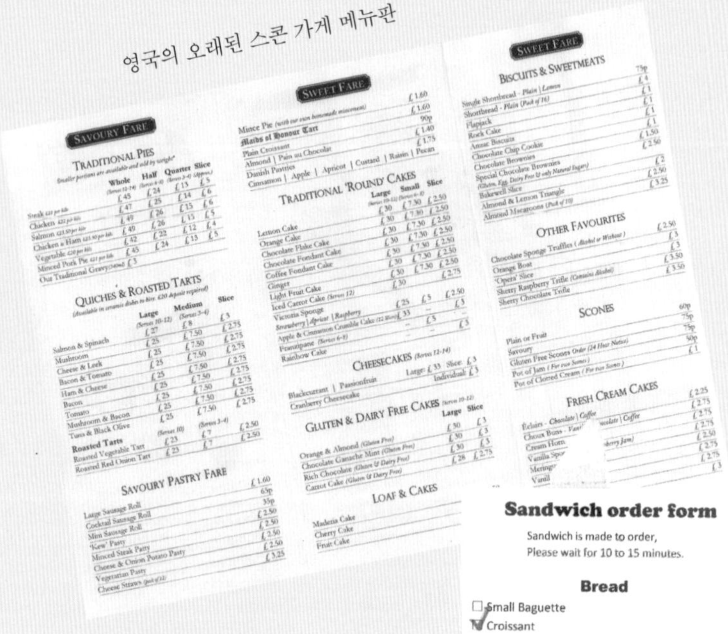

SAVOURY FARE

TRADITIONAL PIES

*Smaller portions are available and sold by weight**

	Whole (Serves 12-14)	Half (Serves 6-8)	Quarter (Serves 3-4)	Slice (Approx.)
Steak £21 per kilo	£45	£24	£13	£5
Chicken £22 per kilo	£47	£25	£14	£6
Salmon £23.50 per kilo	£49	£26	£15	£6
Chicken & Ham £23.50 per kilo	£49	£26	£15	£5
Vegetable £20 per kilo	£42	£22	£12	£4
Minced Pork Pie £21 per kilo	£45	£24	£13	£5
Our Traditional Gravy (340ml)	£3			

QUICHES & ROASTED TARTS

(Available in ceramic dishes to hire. £20 deposit required)

	Large (Serves 10-12)	Medium (Serves 3-4)	Slice
Salmon & Spinach	£27	£8	£3
Mushroom	£25	£7.50	£2.75
Cheese & Leek	£25	£7.50	£2.75
Bacon & Tomato	£25	£7.50	£2.75
Ham & Cheese	£25	£7.50	£2.75
Bacon	£25	£7.50	£2.75
Tomato	£25	£7.50	£2.75
Mushroom & Bacon	£25	£7.50	£2.75
Tuna & Black Olive	£25	£7.50	£2.75
Roasted Tarts	(Serves 10)	(Serves 3-4)	
Roasted Vegetable Tart	£23	£7	£2.50
Roasted Red Onion Tart	£23	£7	£2.50

SAVOURY PASTRY FARE

Large Sausage Roll	£1.60
Cocktail Sausage Roll	65p
Mini Sausage Roll	35p
'Kew' Pasty	£2.50
Minced Steak Pasty	£2.50
Cheese & Onion Potato Pasty	£2.50
Vegetarian Pasty	£2.50
Cheese Straws (pack of 12)	£3.25

SWEET FARE

Mince Pie (with our own homemade mincemeat)	£1.60
Maids of Honour Tart	£1.60
Plain Croissant	90p
Almond | Pain au Chocolat	£1.40
Danish Pastries	£1.75
Cinnamon | Apple | Apricot | Custard | Raisin | Pecan	

TRADITIONAL 'ROUND' CAKES

	Large (Serves 10-12)	Small (Serves 6-8)	Slice
Lemon Cake	£30	£7.30	£2.50
Orange Cake	£30	£7.30	£2.50
Chocolate Flake Cake	£30	£7.30	£2.50
Chocolate Fondant Cake	£30	£7.30	£2.50
Coffee Fondant Cake	£30	£7.30	£2.50
Ginger	£30	£7.30	£2.50
Light Fruit Cake	£30		£2.75
Iced Carrot Cake (Serves 12)	£30		
Victoria Sponge	£25	£5	£2.50
Strawberry | Apricot | Raspberry			£3
Apple & Cinnamon Crumble Cake (12 Slices)	£33	–	–
Frangipane (Serves 6-8)	–	£5	–
Rainbow Cake	–	–	£3

CHEESECAKES (Serves 12-14)

Blackcurrant | Passionfruit	Large: £33 Slice: £3
Cranberry Cheesecake	Individual: £3

GLUTEN & DAIRY FREE CAKES (Serves 10-12)

	Large	Slice
Orange & Almond (Gluten Free)	£30	£3
Chocolate Ganache Mint (Gluten Free)	£30	£3
Rich Chocolate (Gluten & Dairy Free)	£30	£3
Carrot Cake (Gluten & Dairy Free)	£28	£2.75

LOAF & CAKES

Madeira Cake
Cherry Cake
Fruit Cake

SWEET FARE

BISCUITS & SWEETMEATS

Single Shortbread - Plain | Lemon	75p
Shortbread - Plain (Pack of 16)	£4
Flapjack	£1
Rock Cake	£1
Anzac Biscuits	£1
Chocolate Chip Cookie	£1
Chocolate Brownies	£1.50
Special Chocolate Brownies (Gluten, Egg, Dairy Free & only Natural Sugars)	£2.50
Bakewell Slice	£2
Almond & Lemon Triangle	£2.50
Almond Macaroons (Pack of 10)	£3.25

OTHER FAVOURITES

Chocolate Sponge Truffles (Alcohol or Without)	£2.50
Orange Boat	£3
'Opera' Slice	£3
Sherry Raspberry Trifle (Contains Alcohol)	£3.50
Sherry Chocolate Trifle	£3.50

SCONES

Plain or Fruit	60p
Savoury	75p
Gluten Free Scones Order (24 Hour Notice)	75p
Pot of Jam (For two Scones)	50p
Pot of Clotted Cream (For two Scones)	£1

FRESH CREAM CAKES

Éclairs - Chocolate | Coffee	£2.25
Choux Buns - Vani[illegible]ocolate | Coffee	£2.75
Cream Horn [illegible]berry Jam)	£2.75
Vanilla Spo[illegible]	£2.75
Meringu[illegible]	£2.50
Vanill[illegible]	£2.75
	£2.75
	£3

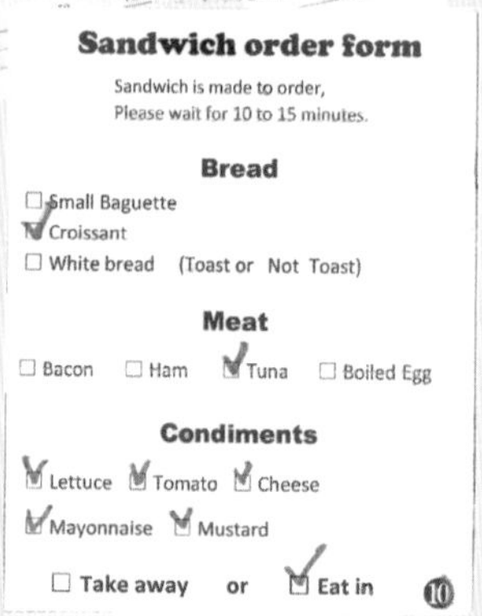

Sandwich order form

Sandwich is made to order,
Please wait for 10 to 15 minutes.

Bread

- ☐ Small Baguette
- ☑ Croissant
- ☐ White bread (Toast or Not Toast)

Meat

☐ Bacon ☐ Ham ☑ Tuna ☐ Boiled Egg

Condiments

☑ Lettuce ☑ Tomato ☑ Cheese
☑ Mayonnaise ☑ Mustard

☐ Take away or ☑ Eat in 10

샌드위치 주문서

마트에서 산 정어리 캔에 붙어 있던 라벨

먹고 남은
요거트 뚜껑

small collecting

아주 가까이에서
바라볼까요

"나무를 보지 말고 숲을 보라" 는 말이 있죠. '넓게 보는 시야'와 '좁게 보는 시야'를 설명할 때 쓰이곤 합니다. 여러분은 숲을 보는 편인가요? 나무를 보는 편인가요?

전체를 보는 시야를 좋게 쳐주는 경향이 흔히 있는 것 같아요. 하지만 저는 멀리서 본 숲보다, 그 숲속으로 들어가 나무 사이를 산책하는 경험을 더 좋아해요. 나무에 가까이 다가가야 비로소 보이는 작은 디테일이 있으니까요. 나무 껍질의 신비로운 무늬가 보이고, 나무 아래에 떨어져 있는 도토리를 발견할 수도 있죠. 숲에 진짜로 무엇이 있는지는 멀리서 대충 봐서는 알 수 없어요.

"신은 디테일에 있다"라는 말도 있습니다. 스몰컬렉팅을 할 때는 평소 보던 것보다 조금 더 다가가서 유심히 보세요. 아주 가까이에서요.

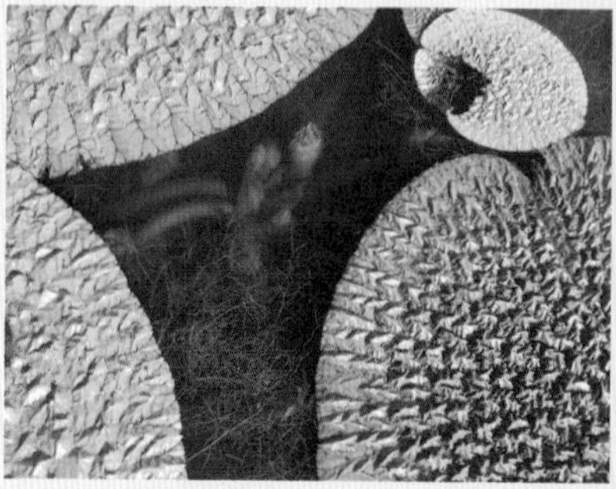

한 발짝 더 다가가
쪼그려 앉아야 보이는 디테일들

시선이 가는
모든 것을 따라가요

'와! 좋다', '저거 특이하네', '마음에 드는데?' 생각했던 것들이 있죠. 그것은 어떤 불빛, 색들의 조합일 수도 있고, 산책하는 사람들의 뒷모습이거나 창문의 형태, 시리얼 뒤에 깨알같이 적힌 글자들일 수도 있습니다. 이유는 아직 잘 모르더라도, 시선이 가는 것들을 따라가보세요. 그리고 사진을 찍어 기록해둡니다.

교토에서 산책 중 찍은 사진입니다.
다양한 형태와 색깔의 스티커와 명판들이
빛바래고 마모되어 세월이 느껴진 모습에 시선이 갔어요.

여행 중 시선이 가는 것이 있다면
그것이 무엇이 되었든
사진을 찍어두는 편입니다.

자꾸만, 반복적으로
눈길이 가는 것이 있나요?

시선을 따라간 것 중 유독 많이 사진 찍은 것, 혹은 반복적으로 눈이 가는 것이 있나요? 스몰컬렉팅을 할 때는 처음부터 '나는 이것에 관심이 있어!' 정해놓고 수집하는 것은 추천하지 않습니다. 내가 자연스럽게 수집한 것들을 돌아보면 '내가 이런 것에 관심이 많구나' 하고 생각되는 것이 있을 거예요. 만약 자꾸 관심이 가는 것을 발견했다면, 한 걸음 더 나아가볼 수 있겠죠. 그것을 우연히 마주치기를 기다리기보다 의식적으로 적극적으로 찾아 나서면서요.

저는 포르투갈을 여행하며, 자꾸 사탕 껍질을 발견했어요. 왠지 관심이 가고 궁금해하다가 사탕 껍질을 모으기로 결심했죠. 그 뒤로는 그 동네의 로컬 슈퍼마켓이 보이면 일단 들어가 사탕이 있는 코너를 기웃거리기 시작했어요. 그러다 우연히 발견한 사탕 가게에서는 오랜 시간을 보내

TWININGS
Cranberry & Raspberry
Hartley's
strawberry jam
nutella
MARMITE

기도 하고요. 숙소로 돌아와서는 오래된 사탕 광고 이미지들을 찾아보기도 했어요.

그래서 사탕을 많이 샀는데요. 사탕 껍질을 얻고 싶어 사탕을 사다니. 완벽한 주객전도죠. 한동안 사탕이 너무 많아서 주변에 나눠주거나, 제가 만든 독립출판물을 사는 분들께 건네곤 했어요. 이 사탕을 산 이야기를 들려드리니 더 좋아하시더라고요. 이렇듯 어떤 주제를 정하고, 일부러 그 무언가를 찾아 떠나는 시간은 우리를 예상치 못한 흥미로운 곳으로 이끌어준답니다.

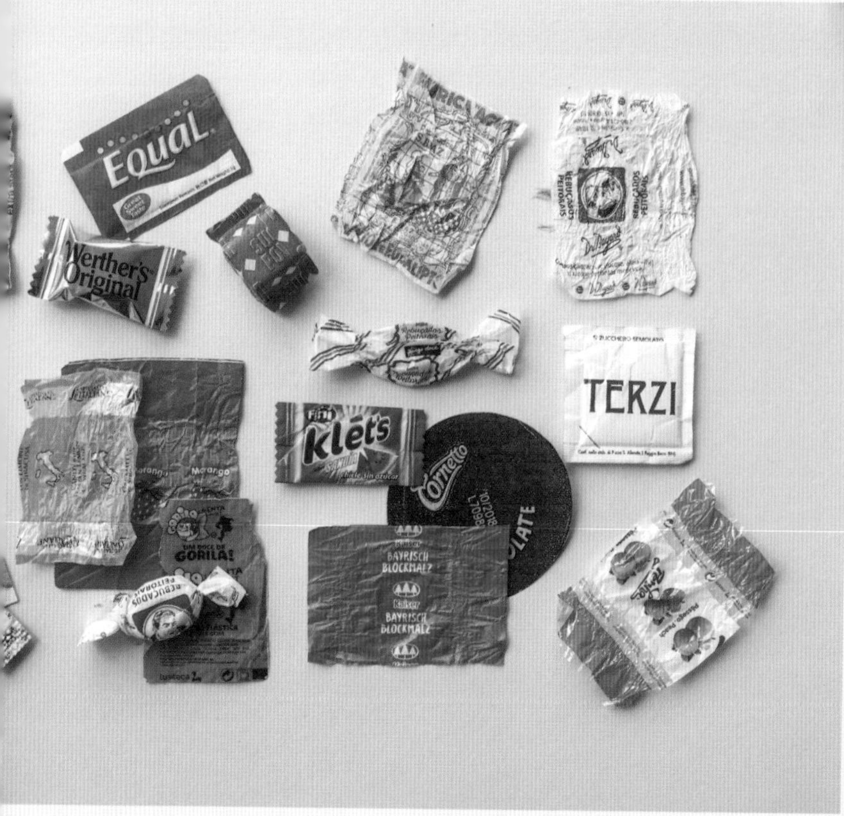
Equal
Werther's Original
TERZI
ZUCCHERO SEMOLATO
klet's
Cornetto
Morango
Morango
UM DOCE DE GORILA!
Kaiser
BAYRISCH BLOCKMALZ
Kaiser
BAYRISCH BLOCKMALZ

어떤 것을
수집할 수 있을까요?

어떤 것이든 스몰컬렉팅의 재료가 될 수 있어요.
정말 말 그대로 무엇이든지요.

영수증, 낙엽, 엽서, 휴지, 비닐봉지, 신문, 자석, 우표, 동전, 꽃잎, 끄적인 낙서, 과일에 붙어 있는 스티커, 티켓, 포장지, 리본, 모래, 타일, 티백, 나무 조각, 돌멩이, 조개, 오래된 책, 잡지… 또 뭐가 있을까요?

맛있게 먹은 맥주의 뚜껑

빼곡하게 차 있는 정보들이 시각적으로도
흥미로운 신문지와 전단지

영수증과
인상 깊게 본 전시회 티켓

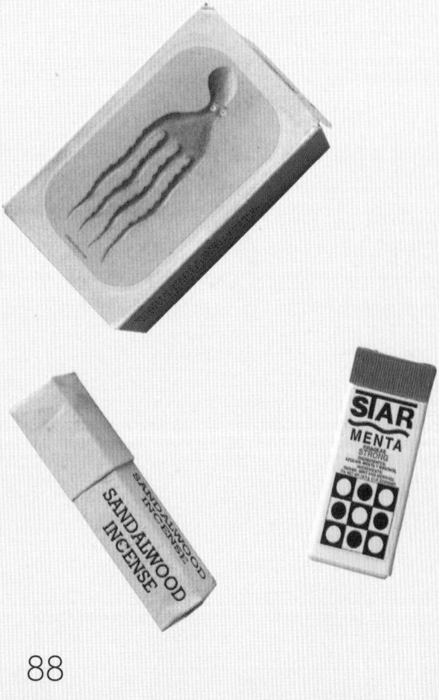

아름다운 종이 박스들

커피나 차를 마시고
남은 것들

낡은 편지와 우표

원단과 레이스들

좋아하는 옷에 붙어 있는
태그과 단추들

여행 중 우연히 방문한 가게의 명함,
리본, 종이 포장지들

공부한 흔적들

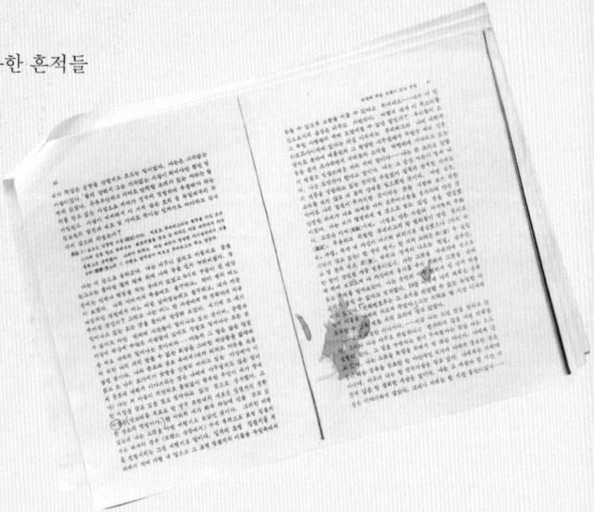

더이상 찍을 수 없는
머핀 쿠폰

전시장에서 받은 것

설탕이 담겨 있던 종이들

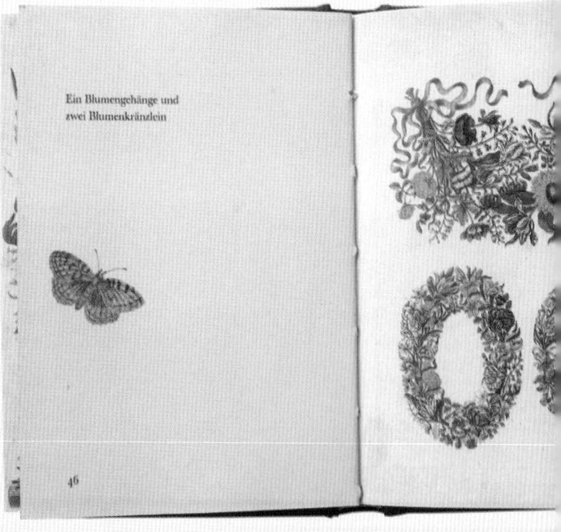

우연히 얻은 빈티지 책

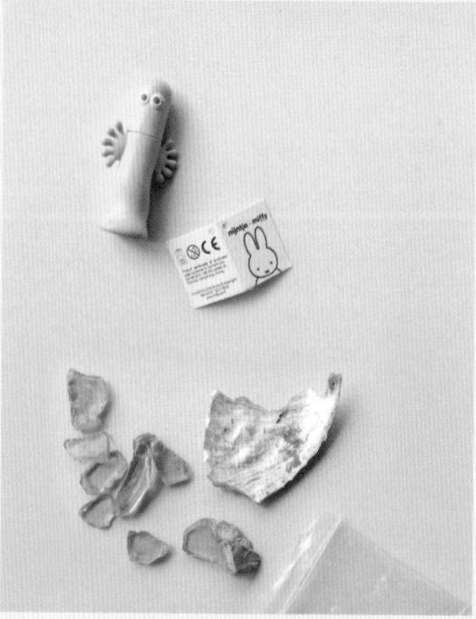

바다를 떠올리게 하는 것들

투명한 소재의 빛이 통과하는 무언가들

쓰다 남은 스티커들

여행 중 공원에서 주운 이파리들

고정관념을 깨고
수집의 대상을 넓혀요

단순히 물리적인 형태를 가진 것만을 수집할 수 있는 것은 아니에요. 고정관념을 깨뜨려볼까요.

시간, 날씨, 소리, 대화, 단어, 질감, 빛, 색, 분위기와 같은 손에 잡히지 않는 것들 역시 수집의 대상입니다. 이런 것들은 어떻게 수집할 수 있을까요?

질감을 수집하는 방식 중에서 제가 좋아하는 것은 '프로타주Frottage'인데요. 프로타주란 요철이 있는 바닥이나 식물 등 질감이 있는 것 위에 종이를 대고 색연필, 크레용 따위로 문질러 무늬나 효과를 내는 기법을 뜻해요. 바닥이나 벽, 자연의 질감을 멀리서 보기만 하는 것이 아니라 직접 손으로 만지며 종이에 옮겨와 수집할 수 있습니다.

메모하기, 사진으로 남기기, 느낌을 드로잉하기, 기억하려고 노력하기, 녹음하기, 글로 묘사하기 등 다양한 방식으로 기록을 시도해보세요.

드로잉과 프로타주로
가을의 풍경과 분위기를 수집합니다.

날씨, 빛, 그림자…
손에 잡히지 않는 것들은
사진을 찍어 수집해보세요.

오키나와 츄라우미 수족관에서 본 사람들의 실루엣.
그날의 풍경을 드로잉과 메모로 수집했습니다.

일상에서 발견과 수집을 할 때는

어쩌면 일상에서의 발견과 수집은 여행지에서보다 도전이 필요한 일일지도 모릅니다. 여행지에서는 모든 것이 새롭고 신선하지만, 일상은 익숙해서 그냥 지나치고 무심해지기 쉬워요. 매일 보던 것, 그저 지나가던 장소들이니까요.

일상에서 스몰컬렉팅을 할 때는 지금 내가 여행을 왔다고 상상하는 것도 좋은 방법입니다. 늘 습관적으로 가는 길 말고 오늘은 다른 루트를 선택해보세요. 호기심 어린 눈으로 다시 바라봐요. 이곳의 타일은 이런 모양이었구나 관찰하고요. 간판 글씨의 형태를 살펴보거나, 새로 생긴 카페나 가게에 들어갈 수도 있겠죠.

오늘은 늘 빠른 걸음으로 스쳐지나가던 곳에 잠시 멈춰서서 새로운 발견에 도전해볼까요. 낯선 장소에서의 발견도 좋지만, 알고 있던 장소에서의 새삼스러운 발견이야말로 우리의 생활을 바꿔줄 수 있는 것들이라고 생각해요. 집에 돌아가는 길에 무엇이라도 하나 발견하자고 생각하면 하나가 아니라 열 개를 발견하게 될지 몰라요.

small collecting

주머니와 가방에 들어 있는 것을 살펴요

하루를 마치고 집에 돌아온 여러분, 주머니를 뒤적여 보세요. 가방을 탈탈 털어봐도 좋습니다. 안에 어떤 것이 들어 있나요?

귀여운 고양이 도장이 찍힌 영수증, 서점 쿠폰, 전시장에서 받은 스티커와 안내문, 달콤한 초콜릿… 저는 이런 것들이 나왔네요.

모두 오늘 내가 무엇을 했고, 무엇을 마셨으며, 무엇을 샀는지가 드러나는 흔적들입니다. 그냥 버릴 수도 있지만 한 번 더 들여다봅니다. 매일매일 나에게 남는 이런 흔적 중에 특별히 마음에 들거나 오늘을 기억할 수 있는 것이라면 버리지 않고 보관하는 방식으로 수집할 수 있습니다.

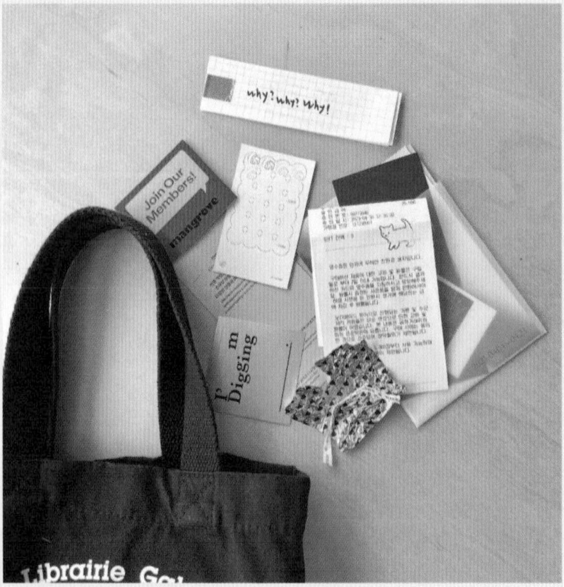
why? why? why!
Join Our Members!
mangrove
Digging
Librairie

오늘의
주제 정해보기

주제를 정하는 것은 마치 사진을 찍을 때 카메라에 새로운 렌즈를 장착하는 것과 비슷해요. 장착한 렌즈에 알맞은 대상에 더 집중해 찍을 수 있죠. 이처럼 스몰컬렉팅을 할 때도 수많은 주제 중 하나에만 집중해보는 거예요. 그러면 신기하게도 주제와 관련된 것들이 자꾸 눈에 들어옵니다.

주제를 하나 정해보세요. '오늘은 그림자에 집중해볼까?', '오늘은 녹색을 발견하고 싶다', '이번 주는 문장을 수집해볼까?' 같은 의식적인 생각을 하고 주변을 둘러보세요. 내가 보고 싶은 것, 원하는 것들의 새로운 면면을 더 쉽게 발견할 수 있습니다.

어떻게 보관할까요?

수집품이 흩어지지 않도록 잘 보관하는 것도 중요합니다. 잘 가지고 있어야지 하고는, 그거 어디 놔뒀더라? 하고 잊혀진 것들이 꽤 있을 거예요.

사실 '수집'과 '보관'은 경계가 모호해서, 수집과 동시에 보관이 이루어지는 경우가 많아요. 파일에 지역별, 날짜별, 종류별로 체계적으로 보관하면 좋겠지만 쉽지 않은 일 같아요. 저도 번번이 실패하곤 합니다.

결국 제가 정착한 방법은 수집품을 넣어두는 공간을 지정해 한곳에 모아두는 것입니다. 좋아하는 박스, 서랍 한 칸, 반투명 파일, 봉투 등을 보관 공간으로 활용해보세요. 무엇이든 수집한 것은 일단 여기에 넣어놓자고 정해두는 겁니다. 그리고 나중에 스몰컬렉팅북을 작업할 때 이 공간을 열어봅니다. 이외에 지퍼백을 활용하는 방법, 스캔을 해서 디지털 파일 형식으로 보관하는 것도 좋아요. 어떤 방식이든 내가 편한 것을 택해 수집품들을 한데 모아보세요.

보관법1 파일에 넣기

가장 깔끔하게 정리되는 방법으로 어떤 수집품이 있는지 한눈에 보기 좋습니다.

보관법2 박스에 넣기

정리하기는 귀찮지만 모아 두고는 싶을 때 유용해요.

다양한 사이즈와 부피의 수집품들을 넣어두기 편리합니다.

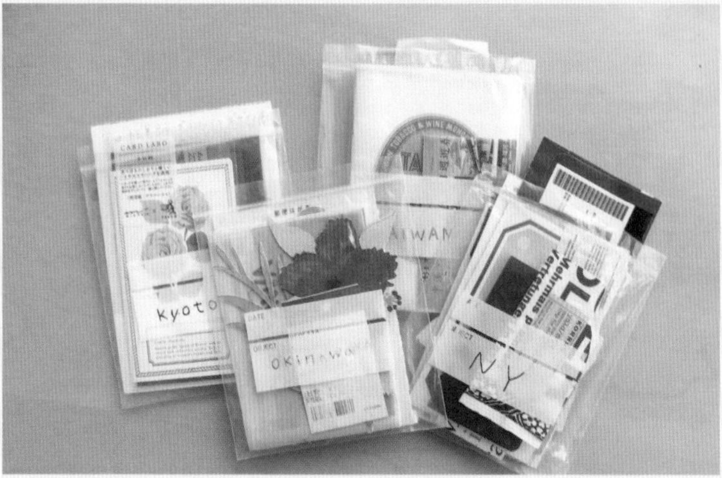

보관법3 지퍼백에 넣기
여행 중이나 평상시 외출할 때 쓰는 가방에 지퍼백을 하나쯤 넣어두세요.
무언가를 수집하자마자 지퍼백에 넣어 깨끗하게 보관할 수 있습니다.

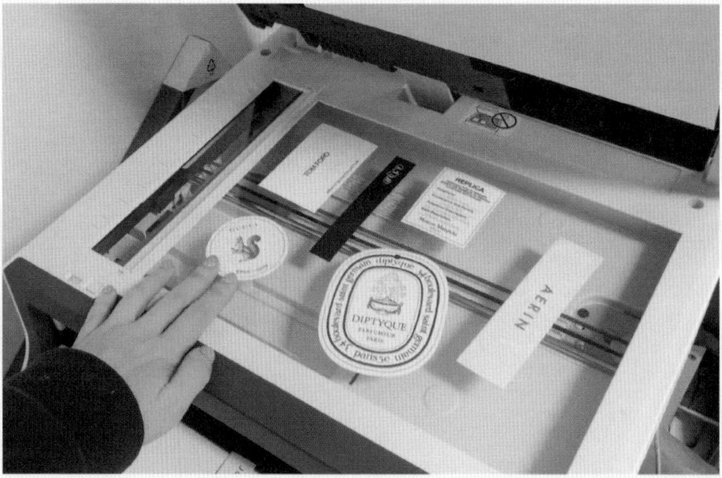

보관법4 스캔하기
컴퓨터로 옮겨 확대 · 축소 등의 작업을 할 수 있고, 티켓과 영수증 등
색이 바래지기 쉬운 것을 처음 상태 그대로 남겨둘 수 있습니다.

more

표류 워크숍 : 일부러 경로를 벗어나기

내 주변에는 흥미로운 것, 수집할 만한 것이 없는 것 같나요? 일상에서 새로운 수집품을 찾는 방법으로 '심리지리학Psycogeography'의 한 전략을 소개해볼게요.

심리지리학은 1950년대 파리를 중심으로 활동을 펼쳤던 사상가 기 드보르Guy debord가 처음 정의한 이론인데요. 개인이 도시를 개발한 주체의 의도와 통제 아래 수동적으로 도시를 살아가게 되는 권태를 극복하고, 도시를 경험하는 능동적인 주체가 될 수 있도록 '도시를 탐험하는 재미있고 창의적인 전략'을 연구합니다.

심리지리학의 다양한 활동 중 하나가 '표류Drift' 입니다. 도시에는 이미 나누어진 구역, 길, 축적 등이 있죠. 심리지리학은 이를 통제라고 보고, 우리에게 도시를 목적 없이 표류

하듯 유희하며 거닐 것을 제안합니다. 이렇게 다니면서 나의 의식적 · 무의식적 반응으로 자신만의 지리를 구축할 때, 우리가 도시를 재창조할 수 있다고 주장하죠. 우리는 이 '표류'를 스몰컬렉팅에 활용할 수 있어요.

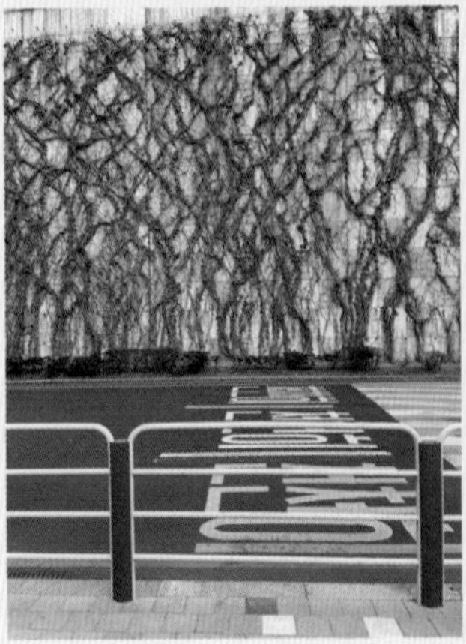

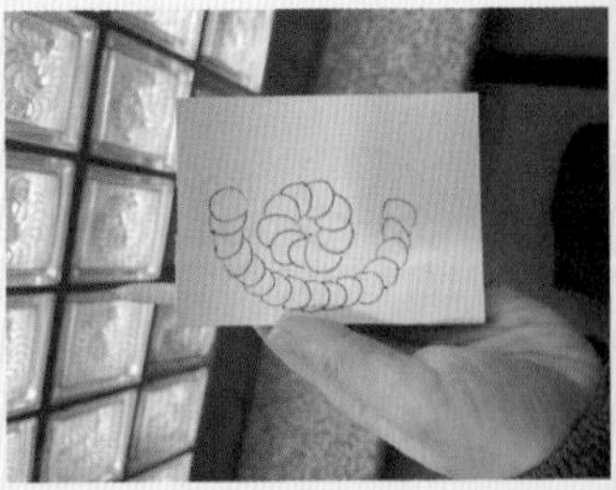

표류의 규칙은 다음과 같이 간단합니다.

First, right.
First, left.
Third, right.
Repeat.

우선 출발 지점을 정합니다. 길을 따라가다 첫 번째로 마주치는 갈림길에서 오른쪽 골목으로 갑니다. 그다음 첫 번째로 나오는 갈림길에서는 왼쪽 골목으로 갑니다. 그 길로 가다 만나는 첫 번째, 두 번째 갈림길은 지나치세요. 가던 길을 따라 쭉 직진합니다. 그리고 만난 세 번째 갈림길에서는 오른쪽 골목으로 들어갑니다.

자, 이제 어딘가에 도착했나요?

그곳에서 멈춰 서서 5분간 수집을 해봅니다. 무언가를 줍거나 사진을 찍어도 되고, 떠오르는 인상이나 보이는 걸 그려도 됩니다. 흥미로운 소리가 들린다면 그걸 따라 적어 보세요. 그리고 5분이 지나면 처음 규칙 '첫 번째 갈림길에서 오른쪽 골목으로'으로 돌아가 표류를 계속합니다.

청소년들을 대상으로 이 표류 워크숍을 진행한 적 있습니다. 처음에는 그다지 흥미를 보이지 않던 아이들이 첫 번째 장소에 도착하자 눈빛이 달라졌습니다. 몇 년간 학교를 다녔지만 이 길로는 처음 와본다며 놀라워했습니다. 지나간 적이 있더라도 여기서 멈춰본 적이 없었다고요. 익숙하고도 낯선 그곳에서 누군가는 식물을 스크랩하거나 무언가를 주웠고, 누군가는 프로타주를 했어요. 어떤 친구는 지나가는 사람들을 관찰했고요. 한 시간 정도의 표류 후에 교실로 돌아와서 작은 스몰컬렉팅북을 만들며 우리가 본 것들을 이야기했어요. 주의깊게 본 것들이 모두 달랐습니다.

목적지로 가는 길이 아닌 길들도 사실 지도상에 존재하는, 실제로 있는 길들이죠. 하지만 우리 마음속에서는 존재하지 않거나, 별다른 의미가 없었던 길입니다.

오늘은 이 규칙에 따라 표류해볼까요. 아마 새로운 장소에 도착할 거예요. 그곳에서 무엇이든 보고 느낍니다. 그리고 다시 출발합니다. 어디서 시작하느냐에 따라서 매번 새로운 목적지에 도착할 거고요. 이렇게 표류하다 보면 내가 사는 동네, 머무는 장소의 새로운 모습들을 만날 수 있어요. 내 안에서 새로운 지도가 그려집니다. 그렇게 평소에 보던 것과는 다른 도시가 펼쳐집니다. 의도적인 방황과 우연이 어떤 새로운 문을 열어줄지 궁금하지 않나요?

새로운 것을 발견하기 위한 아주 짧은 여행은 오늘 바로 떠날 수 있습니다. 매일 가던 길의 첫 번째 골목에서 오른쪽으로, 그다음 첫 번째 갈림길에선 왼쪽으로. 그렇게요.

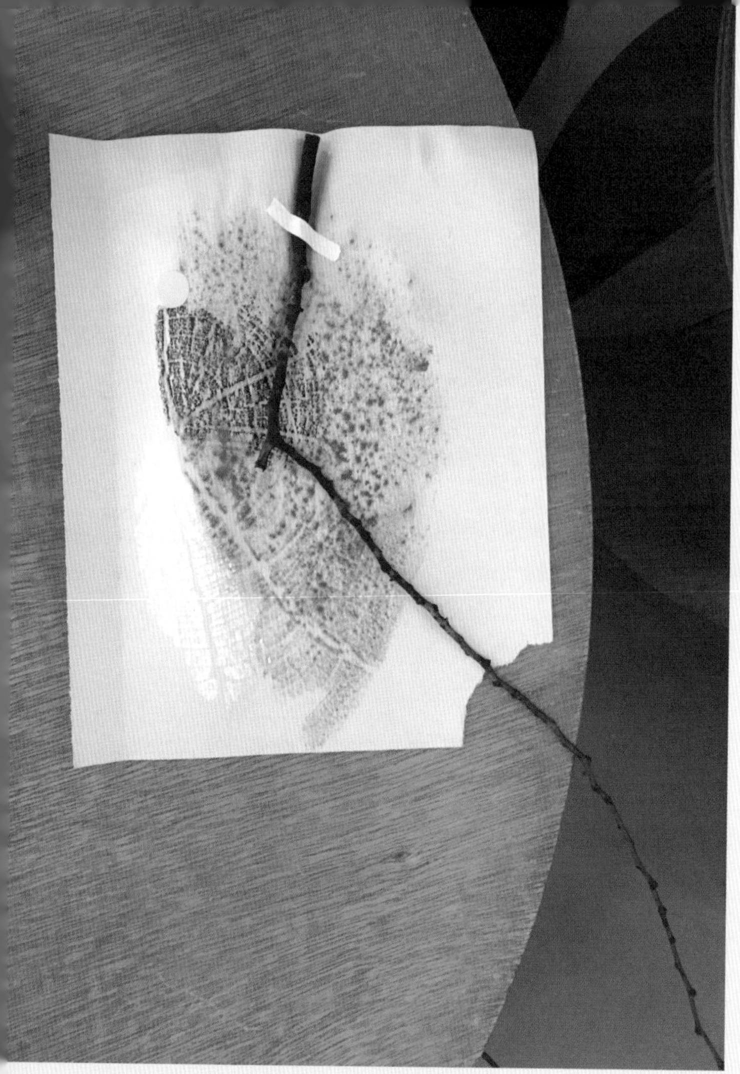

영수증, 낙엽, 엽서, 꽃잎, 사탕 껍질…
어떤 것이든 수집할 수 있어요.

예쁜 쓰레기 모으는 사람이면 어때요.
다른 이들이야 뭐라든, 내게 의미 있다면
더이상 쓰레기가 아니에요.

작고 무용하지만 내겐 더없이 아름다운 것,

나만의 수집품들이 모였습니다.

이제 스몰컬렉팅북을 만들러 가볼까요?

o

small

e

c

l

l

i

n

실전! 스몰컬렉팅북 만들기

t

chapter.3

g

c

ready
1

도구 준비하기

스몰컬렉팅북을 만들 때 자주 쓰는 도구들을 소개할게요. 모든 도구를 갖추어야 하는 건 아니지만, 이 정도는 구비하면 더 좋겠지요. 일부러 새로 살 필요는 없어요. 이미 가지고 있는 도구들을 잘 활용해보세요.

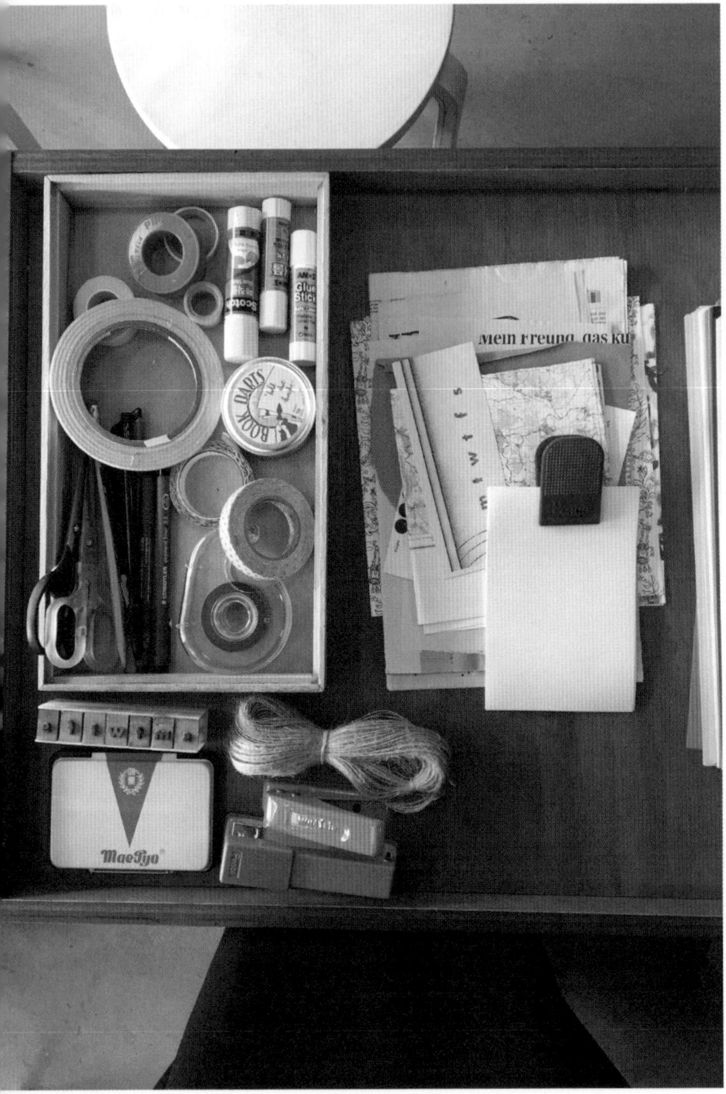
BOOK DARTS
Scotch
Glue Stick
MaeTyo

노트

손바닥 사이즈의 작은 노트부터 세로가 길쭉한 노트, 정사각형 모양 노트, 무지 노트, 방안 노트, 여러 색상의 내지가 들어간 노트 등… 들여다보면 볼수록 다양한 노트들이 있습니다.

여행 중 노트로 스몰컬렉팅북을 만든다면, 작아서 간편하게 들고 다닐 수 있는 제품을 추천합니다. 새로 구입해도 좋지만, 사두고 쓰지 않았던 노트들을 꺼내보는 것도 좋습니다.
딱 맞는 노트가 나타날 수도 있으니까요.

필기류

드로잉이나 글을 쓸 때 필요합니다.

문구점이나 화방 등에서 테스트를 해보며

내가 좋아하는 필기감, 두께를 갖춘 펜과

연필을 찾아보세요.

칼, 가위

반듯하게 자르고 싶을 때는 칼을,

자유롭게 자르고 싶을 때는 가위를

사용합니다.

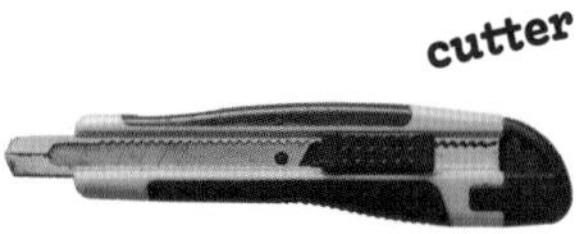

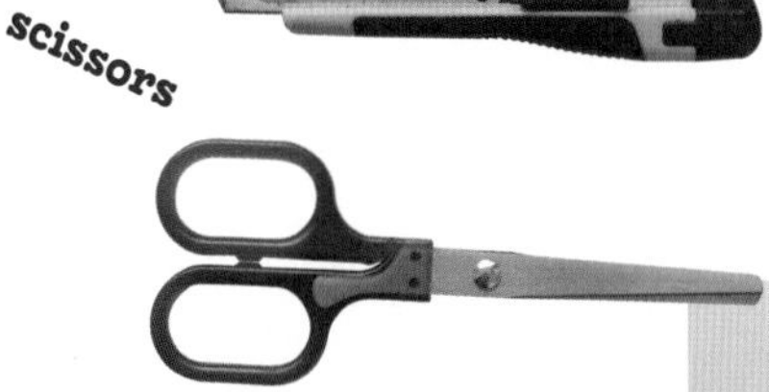

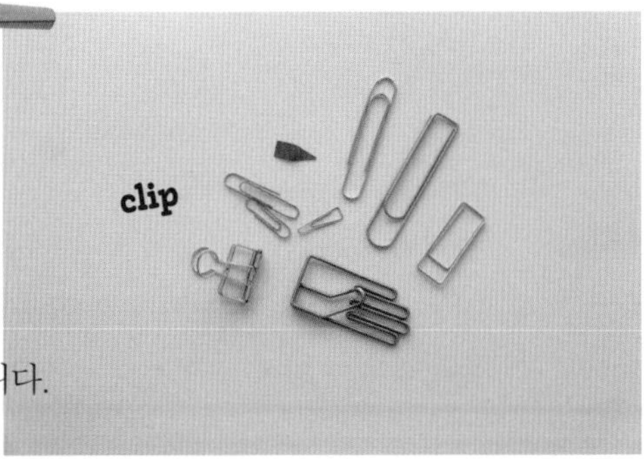

클립, 집게

수집품을 노트에 손상 없이

고정해두고 싶을 때 사용합니다.

마스킹테이프

재료들을 가볍게 붙일 수 있어요. 알록달록한 색상, 여러 패턴은 스몰컬렉팅북의 훌륭한 포인트가 됩니다.

스티커

기본적인 형태부터 특이한 색깔, 형태의 스티커들까지 두루 모아두세요. 작업이 더 쉽고 재미있어집니다.

양면테이프, 풀테이프

딱풀, 물풀보다는 양면테이프를 추천해요. 종이가 아닌 비닐류 등을 붙이기도 쉽고, 나중에 떼어낼 때도 조심스럽게 한다면 수집품과 바탕 종이에 풀보다는 손상이 덜 가는 편입니다. 양면테이프는 아주 작게 잘라서 임시 고정용으로 쓰기에도 좋습니다. 사진의 3M사에서 나온 커터가 함께 붙어 있는 제품은 여행할 때 필통에 쏙 넣어가기 좋아요. 수정테이프와 형태가 유사한 풀테이프도 추천해요. 사용법도 수정테이프처럼 그어서 쓰기 때문에 간편해요.

ready
2

한눈에 보이게
펼쳐놓고 생각하기

수집한 것들이 꽤 쌓여서 이제 스몰컬렉팅북을 만들 준비가 되었나요? 하지만 지금 당장 빈 노트를 펼치지는 않을 거예요. 이상하게 빈 노트 앞에 앉으면 어디서부터 시작할지 막막하게 느껴지곤 하잖아요. 본격적인 만들기에 들어가기 앞서 내가 수집한 것들이 어떤지 살펴보고 재료들과 친해지는 시간을 잠시 가져보기로 할게요.

☞ **펼쳐보세요**

테이블 위를 최대한 깨끗하게 비워볼까요. 그동안 모아온 것들을 테이블 가득 펼쳐보겠습니다. 공간이 좁다면 바닥에 펼치는 것도 좋아요. 수집한 것들로 작은 프리마켓을 연다는 기분으로 하나씩 놓아보세요. '이건 별로 쓸모없을 것 같은데' 같은 판단이나 고민은 일단 뒤로 미뤄두세요. 일단은 내가 스몰컬렉팅북으로 만들고픈, 가지고 있는 모든 수집품을 꺼내는 게 포인트입니다. 최근 수집한 것이 얼마 없다고 느껴진다면 서랍 속의 오래된 것들을 가져와도 좋아요.

Anish
McNaughtan's
Bookshop & Gallery
North Zealand

☞ **멀리서 보세요**

수집품을 다 펼쳤나요? 이제 일어나서 수집품들을 멀리서 바라보세요. 내가 모은 것들의 모습이 전체적으로 보일 거예요.

컴퓨터로 띄워놓고 보는 것보다 이렇게 실제로 펼쳐보는 것이 의외로 훨씬 편리하고 직관적입니다. 만약 내가 사용하고 싶은 재료가 디지털 파일 형태의 사진이라면, 그것 또한 프린트해서 실물을 놓아보기를 추천합니다.

내가 모은 것들의 전체적인 느낌은 어떠한가요? 전체적인 색감은요? 그중에서 유독 눈에 들어오는 것이 있나요? 멀리서 보고, 스스로에게 질문을 던져보세요.

☞ 수집품들의 공통점을 찾아보세요

멀리서 한 번 봤으니 이번엔 가까이에서 들여다볼게요.

아무 생각 없이 모았다고 하더라도 수집품들에는 알게 모르게 나의 취향과 판단이 반영되어 있습니다. 이것을 버리지 말고 놔둬야겠다고 생각한 바로 그 순간에 말이죠!

내가 모은 것들에 있는 일관성, 서로 묶일 수 있는 공통점을 찾아보세요. 예를 들면 이상하게 식물에 관련된 것들이 많다거나, 디저트와 관련된 것들이 특히 많을 수도 있겠죠. 나도 모르게 파란색이 들어간 이미지를 많이 수집하는 등 선호하는 색깔들이 주를 이루고 있을 수도 있습니다.

공통점이 없어 보이더라도 곰곰이 생각해봅시다. 예컨대 이 수집품들은 내가 갈 수 있는 곳에서 발견했다는 가장 큰 공통점이 있겠네요. 비슷한 시간대에 수집을 했거나 이걸 수집할 때 어떠어떠한 생각을 했다와 같은, 내가 말하지 않으면 아무도 모를 아주 사소한 공통점도 좋아요. 내가 펼쳐놓은 수집품들의 공통점을 찾아보세요.

☞ **자유롭게 옮기며 마음에 드는 조합 발견하기**

펼쳐서 살펴본 수집품 중에서 특히 마음에 드는 것이 있나요? 그렇다면 그 수집품을 중심으로 서로 어울리는 것을 배치해보세요. 반대로 정말 안 어울리는 것들끼리만 모아도 좋습니다. 어떤 식으로든 이리저리 수집품들을 배치하며 옮겨봅니다. 나란히 놓기도 하고, 뒤집어 보기도 하고, 겹쳐 놓기도 하면서요.

이렇게 하다 보면 예상치 못한 두 수집품이 굉장히 잘 어울리는 경우를 우연히 발견할 때가 있어요. 처음 테이블에 펼쳤을 때 서로 멀리 있었고, 수집할 당시에도 별다른 연관성을 느끼지 못했는데 말이에요. 저는 이렇게 우연이 만드는 발견이 정말 매력적이라고 생각합니다. 의식적으로는 찾지 못하던 것을 무의식이 찾아준 거죠. 뒷걸음치다가 보물을 발견한 느낌입니다.

수집품들을 요리조리 움직이는 동안, 지금 배치한 상태가 마음에 든다면 그때그때 사진을 찍어두세요. 갑자기 떠오르는 수집품이 있다면 중간중간 추가해도 좋고요.

이야기가 떠오르는 조합, 서로를 더 돋보이게 하는 조합, 만났을 때 흥미롭게 보이는 조합, 특별한 이유는 없지만 그냥 내가 마음에 드는 조합… 수집품들을 배치하며 조화를 살펴보세요. 살펴본 여러 조합 중 하나가 주제를 정하는 힌트가 되기도 하고요. 노트에 붙일 때 마음에 든 배치의 조합을 활용할 수도 있습니다.

스몰컬렉팅북 만들기에 정답은 존재하지 않습니다. 나의 직관을 믿고 따라가면 됩니다. 만약 오늘 잘 안 풀린다면 잠시 멈추고 내일 해봐도 좋아요. 다음날 와서 보면 완전히 다르게 보이기도 하거든요.

펼치고 살펴보고 옮겨본 이 모든 수집품들은 아직 노트에 붙이기 전입니다. 정해진 것은 아무것도 없어요. 저는 이 막막하고도 무한한 가능성의 상태에서 실마리를 찾는 과정을 좋아해요. 마치 카드놀이를 할 때처럼, 재료를 섞고 펼칠 때마다 다양한 경우의 수가 나오죠. 수집품들과 놀며 재밌는 조합을 발견해보세요.

FUGLEN
352 353
357
362 363
367 368 370
372 373 374 375
377 378 379 380
382 383 384 385
387 388 389 390
392 393 394 395
397 398 399 400

ready
3

주제와 방향 생각하기

스몰컬렉팅북의 대략적인 방향을 정해볼 차례입니다. 만드는 동안 우왕좌왕하지 않기 위해 최소한의 가이드라인을 만든다고 생각하시면 됩니다. 126쪽 ready 2에서 우리가 수집품을 펼쳐놓고 살펴본 과정들이 스몰컬렉팅북의 주제를 정하는 시각적이고 감각적인 방법이었다면, 이번에는 글을 읽고 쓰며 생각해볼게요.

이제부터는 주제, 느낌 등 생각나는 것이 있다면 펜을 들고 빈 종이나 책 여백에 적어보세요. 단어, 문장, 글… 언어를 눈에 보이게 적으면 모호했던 것들이 구체화됩니다. 써놓은 것들을 읽으면 '내가 무의식중에 이렇게 좋은 생각을 하고 있었구나'하고 놀랄 때가 많을 거예요.

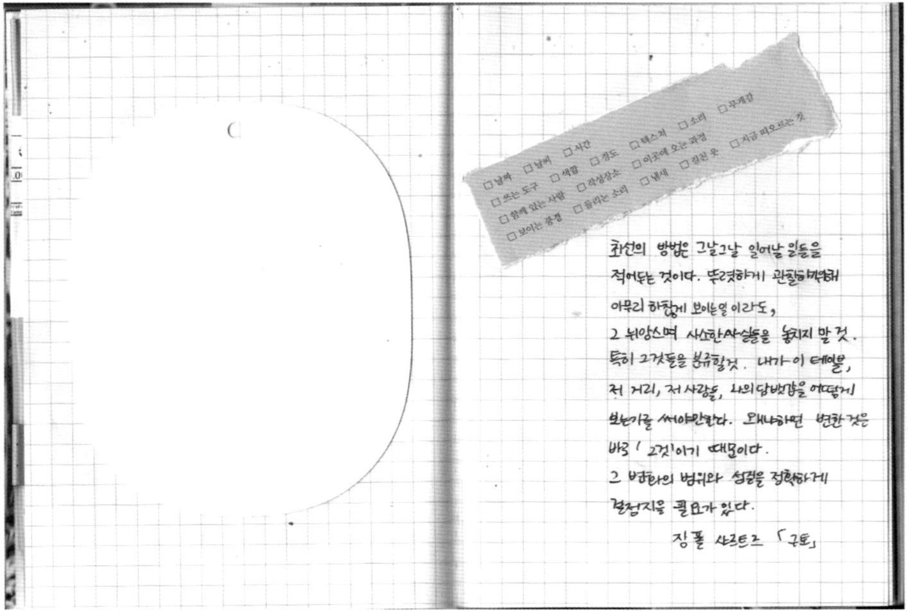
□ 날짜 □ 날씨 □ 시간
□ 쓰는 도구 □ 색깔 □ 정도 □ 텍스처 □ 소리 □ 무게감
□ 함께 있는 사람 □ 작성장소 □ 이곳에 오는 과정
□ 보이는 풍경 □ 들리는 소리 □ 냄새 □ 걸친 옷 □ 지금 떠오르는 것
최선의 방법은 그날그날 일어날 일들을
적어두는 것이다. 뚜렷하게 관찰하기위해
아무리 하찮게 보이는일이라도,
그 뉘앙스며 사소한 사실들을 놓치지 말 것.
특히 그것들을 분류할것. 내가 이 테이블,
저 거리, 저 사람들, 나의 담뱃갑을 어떻게
보는가를 써야만한다. 왜냐하면 변한 것은
바로 '그것'이기 때문이다.
그 변화의 범위와 성질을 정확하게
결정지을 필요가 있다.
장 폴 사르트르 「구토」

☞ 수집품들을 스몰컬렉팅북에
빠짐없이 다 사용해야 할까요?

그렇지 않습니다. '내가 수집한 것을 다 모아놓은 책' 보다는 '에든버러에서 먹은 쇼트브레드 쿠키를 모은 책'이 더 재미있게 느껴지지 않나요? 2018년 만든 독립출판물 「쇼트브레드 다이어리」는 이렇게 주제를 좁혀 작업한 책입니다.

저는 영국 에든버러에 머무는 동안 매일 그곳의 전통 과자인 쇼트브레드를 먹었어요. 헌책방에서 산 책을 펼치며, 도서관에서 빌려온 책을 읽으며, 과제를 하면서, 함께 수업을 듣는 사람들과 이야기 나누며, 종종 밤에 일기를 쓰면서요. 그렇게 먹은 쇼트브레드 과자 껍질과 박스들을 버리지 않고 모았고, 과자를 먹던 순간들을 사진으로 남겨두었습니다. 이 책의 핵심 주제는 특정 과자이지만, 그걸 먹으며 본 오래된 책들, 수업, 외국 생활의 즐거움과 외로움 또한 중요한 키워드입니다.

에든버러에 머무는 동안 쇼트브레드 먹기 말고도 다른 많은 일들을 했습니다. 많은 것들을 수집했고 수많은 사진을 찍었습니다. 하지만 저는 '쇼트브레드' 하나만을 담자고 정했습니다. 모든 것을 다 완벽하게 담고 싶다는 야심은 너무 거대한 프로젝트가 되기 쉬우니까요. 그런 목표가 있었다면 저는 분명 방향과 동력을 잃었을 거예요. 엄두도 안 나고 이걸 언제 다 정리하냐 싶어서요.

주제를 정할 때는 내가 모은 수집품을 다 써야 한다고 생각하지 마세요. 쓰고 싶은 것들만 추려내어 주제와 키워드를 정해보세요.

only
shortbread

nly
rtbread

많은 것들을 수집했고, 수많은 사진을 찍었지만
'쇼트브레드' 하나만을 담자고 정했습니다.

SHORTBREAD
DIARY
YOUNGMIN

Island Bakery
Lemon Melts
Plain Scones
Royal Tea Scones

☞ 사소한 것에 대한 찬양

영국에서 하루가 멀다 하고 과자를 먹었지만, 그 당시 매일 마신 홍차 티백을 모아서 '블랙티 다이어리'를 만들 수도 있었겠죠. 차를 마시며 들었던 음악을 함께 적고, 홍차에서 우러난 수색은 수채화로 표현하고요. (이건 그냥 상상입니다. 저는 원래 주로 커피를 마십니다.) 아무튼 주제를 너무 어렵게 생각할 필요는 없다는 거예요. 거창한 주제일 필요도 없지요. 무엇이든 수집의 대상이 될 수 있었던 것처럼 어떤 사소한 것이든 스몰컬렉팅북의 주제가 될 수 있어요.

2019년 출간한 「사탕책」은 제가 가장 아끼는 작업물 중 하나입니다. 사탕 그 자체보다는 달콤한 알맹이를 둘러싸고 있는 포장지가 주제에 가깝습니다. 화려하거나 귀엽거나 알록달록해서 시선을 끄는 매력, 동그랗게 사탕을 둘러싸고 있다가 펼치면 네모나게 변하는 모양, 구겨져 있는 모습, 나풀나풀 날리는 가벼움… 들여다볼수록 사탕 껍질의 재미있는 모습들을 발견하게 되었어요.

주제를 정해야 한다고 하면 뭔가 '의미 있는', '괜찮은' 주제를 정해야 할 것 같은 부담을 안기 쉽습니다. 사소하더라도 내가 아름다움을 느꼈던 것, 좋아했던 것, 집착했던 것, 오랜 시간 함께하고 있는 것, 어떠한 감상을 불러일으켰던 것이 있는지 떠올려보세요. 그 어느 것이든 주제로 충분해요. 네, 지금 이 글을 읽으며 떠오른 바로 그것도요.

아주 사소한 수집품 속에 숨겨진 당신만이 아는 이야기, 아직 당신만이 알고 있는 아름다움을 이야기해봐요.

Cornetto
CHOCOLATE
CASEIRITOS
CACOS D'OURO
ROMÃ
BOM BOM
Avianense
DELTA
D'ALMÕ
CANDELAS
Açúcar
IMPERADOR
Frutos Silvestres

Portugal candy book

Portugal candy book

Portugal candy book

Portugal candy book

Portugal candy book

Portugal candy book

tip

혹시 취미가 있나요? 취미는 아주 훌륭한 스몰컬렉팅 주제입니다. 등산, 커피, 와인, 독서… 나의 취미 생활에서 어떤 것들을 수집할 수 있을지 생각해보세요. 취미는 자주 접하고, 하는 동안 즐거우니 스몰컬렉팅을 지속하기도 좋습니다.

포르투갈에서 수집한 사탕 껍질로 만든 「사탕책」과 작업 과정

☞ 나만의 '필터'를 만든다면

저는 스몰컬렉팅북의 주제 혹은 키워드를 '필터'라고 생각합니다. 필터를 통해 어떤 것은 걸러지고, 어떤 것은 통과하죠. 마치 커피를 내리는 종이 필터, 고운 가루만 내보내는 체처럼요. 주제와 관련 있는 것만 통과할 수 있어요.

수집품들이 이 필터를 통과하고 나면 하나로 묶을 수 있는 상태가 됩니다. 물이 원두 가루를 통과해 맛있는 커피가 되는 것처럼요. 통과하지 못하고 남겨진 것들이 아깝다면, 그것들 안에서 다시 공통점을 찾아보세요. 같은 경험(수집품)을 이번엔 다른 필터(주제)를 사용해 내려보는 거죠.

에든버러에서의 생활이 끝나고 저에게는 노트 여러 권과 기록물들이 남았습니다. 외국 생활과 과자를 주제로 한 「쇼트브레드 다이어리」, 매일의 작은 아름다움을 모은 노트 「SMALL COLLECTING BOOK 2」, 그리고 이름 붙이지는 못했지만 매일의 수업과 개인적인 실험을 담은 스케치북과 파일, 시선이 가는 것들을 찍은 사진들….

그렇게 찍은 사진 중 일부는 후에 색깔을 주제로 만든 미니 사진집 「SPECTRUM OF」 시리즈에 들어갔습니다. 어느 날, 멍하니 휴대폰 사진첩을 들여다보던 중 문득 갈색이 들어간 사진이 많다고 느꼈어요. 그러곤 갈색 사진만 모아보자고 결심했어요. 사진을 색깔로 분류해보고 싶다는 생각이 이 사진집 시리즈의 출발점이 된 것이죠.

서로 다른 뉘앙스를 품은 갈색들, 여행과 일상에서 만난 다양한 스펙트럼의 녹색들, 가끔은 차갑고 때로는 따뜻한 흰색들… 색깔로 분류될 수 있는 장면이 찍힌 사진들을 골라냈어요. 언젠가 찍어두기는 했지만 잊혀져 있던 장면들은 이렇게 의미를 되찾았습니다.

어떤 필터(주제)를 통해 수집품을 보느냐에 따라 같은 것도 완전히 다르게 보이고, 새로운 관점으로 해석할 수 있게 됩니다. 같은 경험을 했더라도 완전히 다른 결과물이 나올 수 있겠지요. 걸러냄으로써 새로운 맥락을 만들고 오히려 더 확장되는 경험을 해보시면 좋겠습니다.

매일의 작은 아름다움을 모은「SMALL COLLECTING BOOK 2」

색깔을 주제로 만든 미니 사진집 「SPECTRUM OF」 시리즈

A WALK
LOOKING DOWN

산책하며 바닥에서 발견한 다양한 것을 주제로 만든 「아래를 보는 산책」

☞ **주제를 정할 때 유용한 질문들**

스몰컬렉팅북 주제를 정할 때 도움이 될 만한 질문 목록입니다. 꼭 모두 답하지 않아도 됩니다. 떠오르는 답을 써보세요.

Q. 어떤 종류의 수집품이 가장 많은가요?

____

____

Q. 조금 더 모으고 싶은 것이 있나요?

____

____

Q. 수집품 중 유난히 마음이 가는 것이 있나요?

____

____

Q. 내가 모은 수집품 중에서 딱 한 가지만
남길 수 있다면 그건 무엇인가요?

____

____

Q. 수집품들을 펼쳐놓았을 때 어떤 공통점을 발견했나요?

____

____

Q. 여기저기 옮기고 배치하는 동안 반복하고 싶은
특정 조합이 있었나요?

Q. 스몰컬렉팅북에 꼭 사용하고 싶은 수집품은 무엇인가요?

Q. 지속적으로 관심을 가지는 분야가 있나요?

Q. 내가 평소에 좋아하는 분위기는 어떤 것인가요?

Q. 수집품들에서 두세 가지의 키워드를 잡아본다면?

Q. 나의 수집품들에 제목을 붙인다면?

INODA COFFEE CO.
Museum der Moderne
Salzburg
Royal
Academy
of Arts
A VIDA PORTUGUESA
KYOTO

tip

아직 주제 정하기가 너무 어렵게 느껴지나요? 그럼 '주제 없음'으로 일단 무작정 시작하는 것도 좋은 출발이에요. 배치하고 붙이며 스몰컬렉팅북을 만들어가는 중에, 혹은 다 끝내고 뒤돌아봤을 때에서야 주제를 발견할 수도 있어요. 그래도 괜찮아요. 고민하기보다는 아무튼 시작해볼까요. 시작이 반이라잖아요.

collecting
1

노트로 만드는
스몰컬렉팅북

이제부터 본격적으로 스몰컬렉팅북을 만들어볼 거예요. 먼저 노트로 만드는 과정을 소개하려고 합니다. 마음에 드는 빈 노트가 준비되셨나요? 꺼내어 펼쳐보세요.

NOTEBOOK
RHODIA
Notes
Notizen
suhrkamp taschenbuch
wissenschaft

都
GARDEN
20/100
Leith School Board.
BONNINGTON ROAD SCHOOL.
Record of School Work
LIBERTY
Bouley
BOOK

☞ **빈 페이지를 볼 때는**

우리가 해볼 것은 단순히 수집품을 붙이는 것 이상의 의미라는 걸 잊지 마세요. 저는 노트 한 페이지를 채우는 것 역시 작은 창작이자 예술이라고 생각해요. 나만의 시선과 감각으로 조합하고 더 멋지게 붙여봐요.

어쩌면 노트의 첫 장은 막막하게 느껴지실지도 몰라요. 첫 페이지부터 망치면 어떡하지 걱정이 들기도 하고요. 그럴 땐 처음 서너 장은 건너뛰고 시작해보세요. 부담감이 한결 가벼워질 거예요. (비워둔 페이지는 나중에 자신감이 붙었을 때 다시 돌아와서 완성하기로 해요.)

이 책에 담긴 이미지와 예시들은 힌트가 될 수 있지만 절대 정답이 아닙니다. '이렇게 할 수도 있구나' 하고 힌트를 얻는 용도로 봐주시면 됩니다. 그저 내 마음이 가는 대로, 내가 생각하는 대로 하면 된다는 것을 기억해주세요. 스몰컬렉팅북 만들기에 정답은 없다는 말씀을 꼭 드리고 싶습니다.

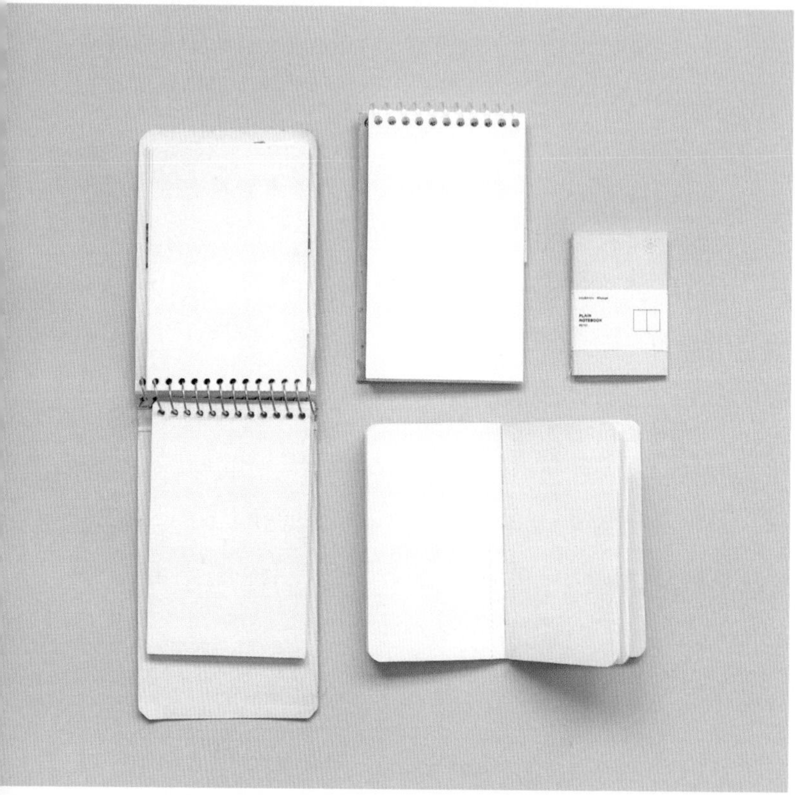
PLAIN
NOTEBOOK

☞ **노트는 어떤 역할을 할까요**

새 노트를 펼치는 순간은 언제나 설렙니다. 본격적으로 작업을 시작하기 전에, 노트에 내가 수집한 것들을 미리 대보면서 이 노트와 궁합이 좋을지 느낌을 살펴보세요. 우리가 시중에서 구할 수 있는 노트의 종류는 무척 다양해요. 개성 있는 노트들을 보고, 어울릴 만한 수집품을 배치하다 보면 노트와 대화를 하는 기분이 들어요. 노트 그 자체에서 스몰컬렉팅북을 만들 영감을 받기도 하고요.

무엇보다 노트는 꾸준히 기록하기에 가장 좋은 도구죠. 어디든 가지고 다닐 수 있고, 사용할 수 있는 페이지 공간도 많고요. 넘기면 다음 장이 있는 형태 덕분에 단숨에 완성하는 것보다는 매일, 혹은 생각날 때마다 한 페이지씩 천천히 완성해나가기 좋습니다. (그렇다고 작업을 꼭 시간이나 페이지 순으로 해야 하는 건 아니에요.)

노트는 그 자체로 수집품들을 보관하는 곳이 되어 수집을 돕는 보조자 역할도 합니다. 흩어지기 쉬운 수집품들을 잘 정리해둘 수 있고, 페이지를 넘기며 내가 어떤 것들을 모아왔는지 보기도 좋아요.

노트의 빈 페이지들은 지금보다 더 수집하고 싶은 마음이 들게 해요. 그 마음으로 내게 영감을 주는 것들을 꾸준히 모으고 스몰컬렉팅북을 만듭니다. 나의 취향을 좀 더 명확히 알게 되고, 발전시킬 수 있어요.

tip

노트를 고를 때는 적당한 사이즈를 고르는 게 중요해요. 내가 주로 수집한 것들보다 노트가 너무 크거나 작으면 다른 노트를 찾아보세요. 수집품을 붙이기 전에 노트 위에 대보며 먼저 가늠해보는 것도 좋습니다.

☞ 더하기의 기술 : 콜라주, 이미지로 만드는 시

노트에 수집품을 붙일 때 활용할 수 있는 유용한 기법과 예시들을 보여드릴게요. '콜라주Collage'입니다. 콜라주는 불어 'coller(풀을 붙이다)'에서 유래된 말이에요. 인쇄물, 천, 쇠붙이, 나무 조각 등 여러 소재를 화면에 붙여서 구성하는 기법을 뜻합니다. 1912년 입체주의 예술가들이 최초로 시도했으며, 초현실주의 사조의 막스 에른스트, 파블로 피카소 등이 콜라주 기법을 사용한 대표적인 예술가입니다. 오늘날의 콜라주는 이미지를 섞고 모으고 붙이는 모든 비주얼 그래픽을 포괄하는 기법이라고 보시면 되어요.

창밖으로 바다가 보이는 서점에서 책을 읽었던 어떤 오후, 한 시집을 읽고 감탄한 기억이 떠오릅니다. 분명히 나도 오늘 아침에 쓴 흔한 단어가 아름다운 시가 되어 있었거든요. 꽤 오래전 일이라 무슨 시였는지는 잊었지만, 평범했던 단어가 파도에 비치는 빛처럼 반짝였던 느낌만은 분명하게 기억나요. 이처럼 단어들은 어떤 수식어와 함께 어떤 리듬으로 쓰이는가에 따라 너무나도 아름다운 시가 되기도 합니다.

저는 콜라주가 시 쓰기와 닮았다고 생각해요. 서로 다른 이미지가 어떤 방식으로 함께 놓이냐에 따라 새로운 의미를 지니기도 하고, 평범했던 요소들이 무척 특별해지기도 하니까요. 이미지들의 배열이 어떤 감상을 불러일으키는가는 논리적이기보다는 함축적이고 직관적인 부분이 많아요. 그래서 더 흥미로운 것이 콜라주라고 생각해요. 내 손에 있는 재료로 짓는 시라고 생각하고 수집품을 붙여보세요.

일단 붙여보기, 떼어내고 다르게 붙여보기

수집한 재료들을 바로 종이에 고정하기보다는 페이지 위에 미리 배치해보세요. 처음 붙일 때는 양면테이프를 아주 작게 잘라 붙이거나 마스킹 테이프를 이용해 임시 고정한다는 느낌으로 붙이면 나중에 수정하기 좋습니다.

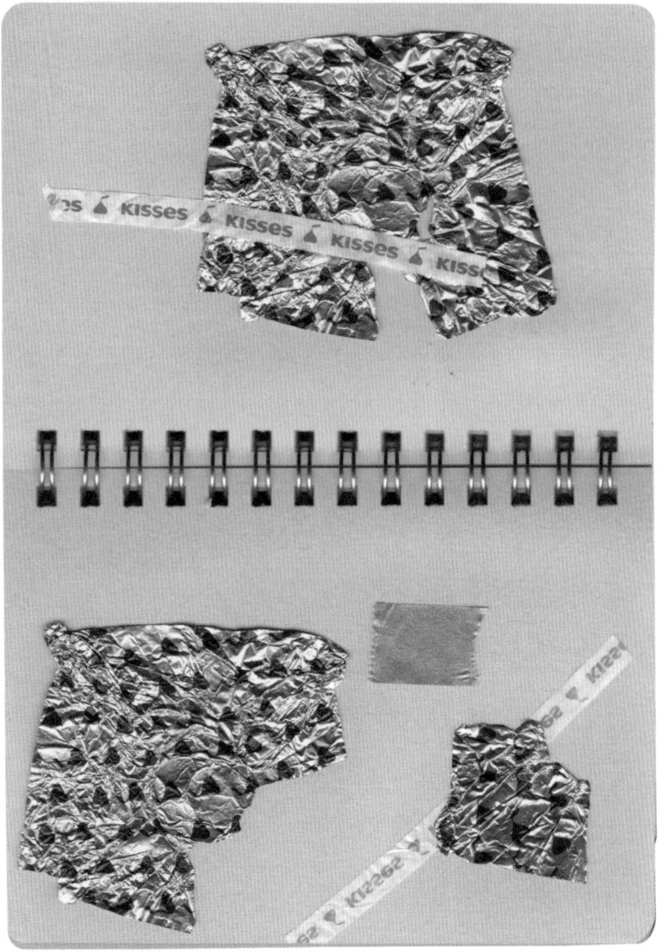
Kisses Kisses Kisses

레이어링 하기

수집품들을 하나하나의 이미지 요소로 바라보세요. 넓은 범위를 차지하거나 주제가 되는 이미지를 '메인 이미지', 좁은 범위를 차지하거나 분위기를 보조하는 이미지를 '서브 이미지'라고 해볼게요.

메인 이미지와 서브 이미지들을 다양한 방식으로 함께 배치할 수 있습니다. '레이어링'은 요소들을 층층이 겹쳐두는 것을 뜻해요. 두 이미지를 부분만 겹치게 둘 수도 있고, 완전히 겹치게 할 수도 있어요. 아예 겹치지 않도록 거리를 두고 붙일 수도 있습니다. 메인 이미지를 먼저 페이지 위에 배치한 다음, 주변에 서브 이미지들을 올려보세요. 다양한 방식으로 이미지들을 레이어링 해보세요.

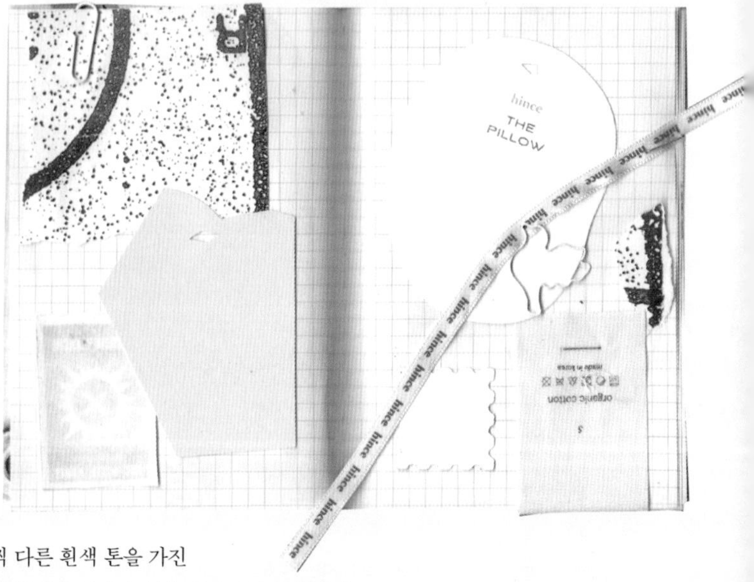

조금씩 다른 흰색 톤을 가진
다양한 형태의 종이와 천을 레이어링 했습니다.

카페에서 받은 스티커, 명함들입니다.
원 모양을 반복해 붙였어요.

반복하기

어떤 이미지를 반복해서 보여주면, 한 번만 보여줄 때보다 강하게 느껴져요. 같은 주제와 규칙으로 반복되는 시각적인 요소(형태, 색깔 등)는 스몰컬렉팅북 전체에 통일성을 줍니다. 동시에 주제를 보다 더 잘 전달할 수 있고요. 이미지를 배치하다 마음에 드는 페이지가 만들어졌다면, 다른 수집품으로 비슷한 느낌의 페이지를 한번 더 만들어보세요.

사진을 쓰고 싶다면

휴대폰이나 컴퓨터에 저장된 사진을 사용하고 싶다면 노트에 들어가는 사이즈로 프린트한 후 잘라서 사용하세요. 미니 포토 프린터나 폴라로이드 사진을 이용하면 더 질 좋은 사진을 뽑을 수 있습니다.

프린트한 뒤 잘라낸 사진들

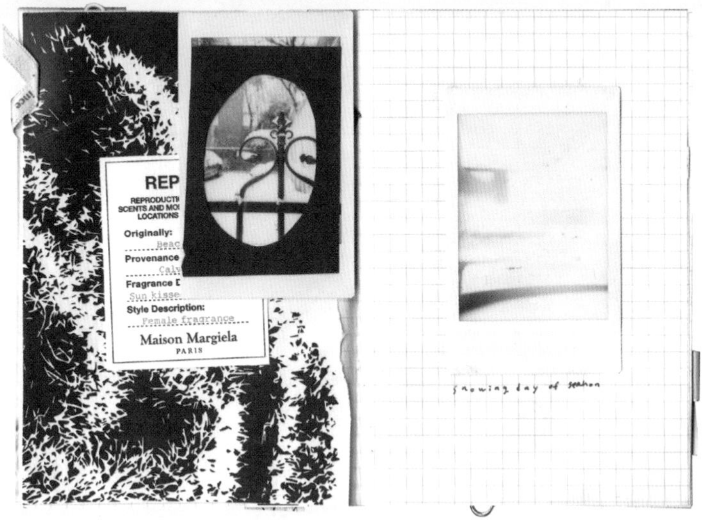

폴라로이드 사진을 활용한 페이지

글과 드로잉 더하기

수집품을 붙이는 것만으로는 다 표현되지 않는 감상들은 글을 써서 더해봅니다. 간단히 쓴 메모도 좋고, 수집품을 설명하는 정보(날짜, 수집한 위치 등)를 더해볼 수도 있겠지요. 노트에 붙이기 어려운 입체적인 형태의 수집품, 움직이는 형상, 사람, 풍경 등의 이미지들은 드로잉을 해서 기록할 수 있습니다.

타이포그래피

글자는 훌륭한 시각 요소가 될 수 있습니다. 글자의 색깔, 크기, 형태를 다양하게 사용하면 메인 이미지와 서브 이미지를 더 부각하고, 페이지의 완성도를 높일 수 있습니다.

"Increasingly, I do not think of myself so much as a blind person but simply as a whole-body-seer. A blind person is simply someone in whom the spectalist function of sight is devoted upon the whole body, and no longer spectalized in a particular organ." (p. 191)

An Experience of Blindness

Thank you for visiting Edinburgh Castle.
Save money on entry to other
HS attractions with an Explorer Pass.
For more information visit:
www.edinburghcastle.gov.uk
or ask a member of staff for details.

EDINBURGH CASTLE

Thank you for visiting Edinburgh Castle.
Save money on entry to other
HS attractions with an Explorer Pass.
For more information visit:
www.edinburghcastle.gov.uk
or ask a member of staff for details.

d ou
rket
Robs
rel
n Livi
Colle
evtul
tter F
Brad
Poetr
nd pl
strat
O P
ley /
chell
nbou
Book
eroo
right
the I

orks
gham
ougla
strati
lor /
scoe -
ullert
Marion Archi
Stichill Marig
Road Books
Moschatel Pre
Reed Contem

☞ **빼기의 기술**

어떤 형상이 적극적으로 드러나는 공간을 '포지티브 스페이스Positive space', 물체를 둘러싸고 있는 나머지 공간을 '네거티브 스페이스Negative space' 라고 합니다. 후자는 동양화에선 '여백의 미'라고 부르는, 우리에게는 익숙한 개념이기도 해요. 그저 빈 공간으로 인식되기 쉬운 네거티브 스페이스 역시 무언가를 표현하는 방법입니다.

페이지를 꽉 채워야 창작이 완성되는 것일까요? 오히려 여백이 있어서 그 안의 요소들이 더 빛나기도 합니다. 작업이 잘 풀리지 않을 때는, 무언가를 계속 더하기보다 빼는 것을 시도해보세요.

핵심만 남기기

복잡하지 않은 단순하고 명쾌한 구성은 이미지의 형태를 더욱 돋보이게 합니다.

• 한 페이지에 한 가지 수집품만 붙여 핵심만 남겼어요.

형태를 잘라내고 바꾸기

가지고 있는 수집품 이미지들을 가위나 칼, 또는 손으로 찢으며 새로운 형태를 만들어보세요. 전체가 아닌 부분만 잘라 형태를 바꿔보는 것을 추천해요. 원본보다 더 매력적인 형태를 찾고, 나만의 의미를 더할 수 있습니다.

손으로 이미지를 찢어봅니다.

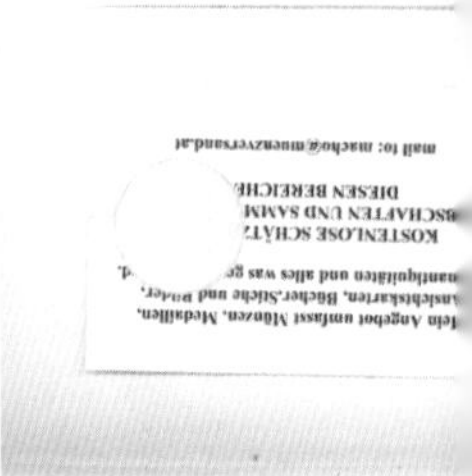

원래 형태의 일부를 자르고 구멍 내는 등
새로운 모양과 의미를 만들어 붙여보세요.

여백 크게 주기

페이지에 여백을 일부러 크게 남깁니다. 한 페이지를 완전히 비워둬도 좋아요. 충분한 여백이 주는 시원함을 느껴보세요.

마음에 안 드는 페이지 덮기

작업하다 보면 망했다 싶을 때도 있기 마련이죠. 그럴 때는 그 위에 흰색 종이를 덧대어 붙여도 좋습니다. 스프링 노트처럼 찢기 쉬운 노트라면 페이지를 아예 찢어 덜어내도 괜찮겠죠. 아니면 전체를 가릴 만한 큰 이미지를 붙여 가리는 것도 방법입니다. 하얀색 물감으로 덧칠을 해도 좋아요.

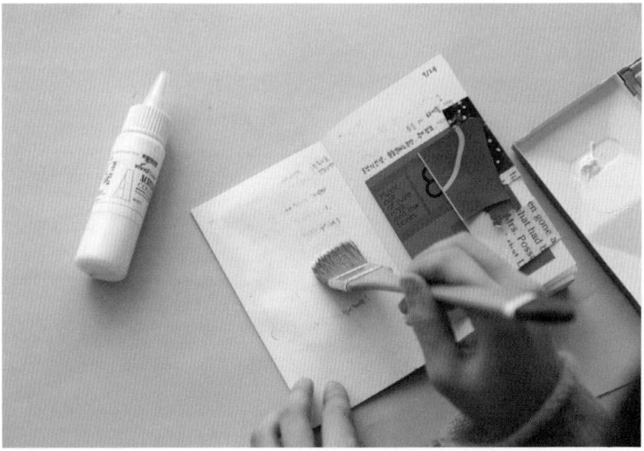

하얀색 물감을 덧칠해 페이지를 덮었습니다.

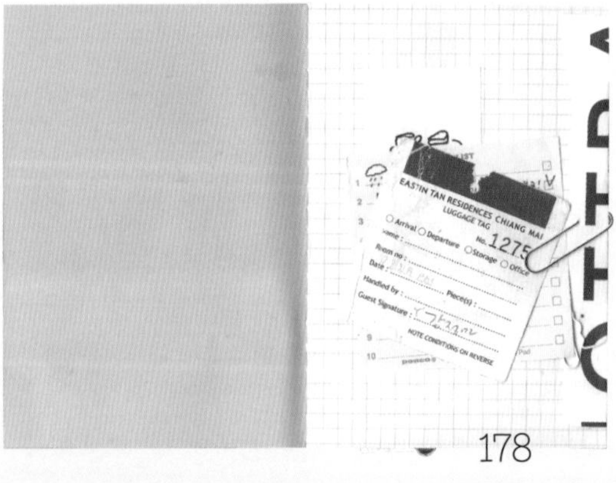

클립으로 이미지를 끼워 마음에 안 드는 부분을 가렸습니다.

☞ 나만의 균형을 찾아요

균형 있고 적당하다는 느낌은 사람마다 다릅니다. 누군가는 와글와글 복잡한 느낌을 좋아하고, 누군가는 간결하고 깔끔한 느낌을 좋아하죠.

다양한 이미지 요소들을 더하고 빼면서 나만의 균형감을 찾아보세요. 정답은 없지만, 한 가지 분명한 점은 더하기만 하는 것보다 가끔은 과감한 빼기도 필요하다는 것이에요. 의식적으로 빼기와 더하기를 반복하며, 나만의 균형을 찾다 보면 그것이 자신의 스타일이 된답니다.

tip

작업이 잘 안 풀리면 시간 제한을 둬보세요. 시간이 막연하게 주어졌을 때보다 집중력과 창의성을 좀 더 발휘할 수 있어요. '딱 한 시간 동안 집중해서 해볼까? 오늘 자기 전까지 해볼까?' 스스로 시간을 정해 타이머를 맞춥니다. 그 시간 만큼은 푹 빠져서 만들어보세요. 타이머가 울렸을 때 벌써 시간이 이렇게 지났냐며 깜짝 놀랄 거예요.

collecting 2

낱장으로 만드는 스몰컬렉팅북

이번에는 낱장으로 스몰컬렉팅북을 만드는 방법을 알려드릴게요. 노트처럼 종이가 이미 묶인 공간이 아닌, 낱장의 종이에 수집품을 배치하며 만드는 방식이기에 노트에서보다 훨씬 더 자유롭고 제약이 없어요.

낱장 종이는 평범한 A4용지, 반투명한 용지, 색지, 신문지나 브로슈어는 물론 천이나 비닐 같은 재료도 좋습니다. 바탕으로 쓰일 수 있다면요. 작업한 여러 낱장을 묶어 스몰컬렉팅북을 만들 예정이라면 각 낱장들은 모두 같은 사이즈이거나, 재질일 필요도 없어요. 각각의 종이가 지닌 특징과 다양한 제본 방식을 활용해 노트보다 훨씬 자유롭고 창의적인 작업을 할 수 있어요.

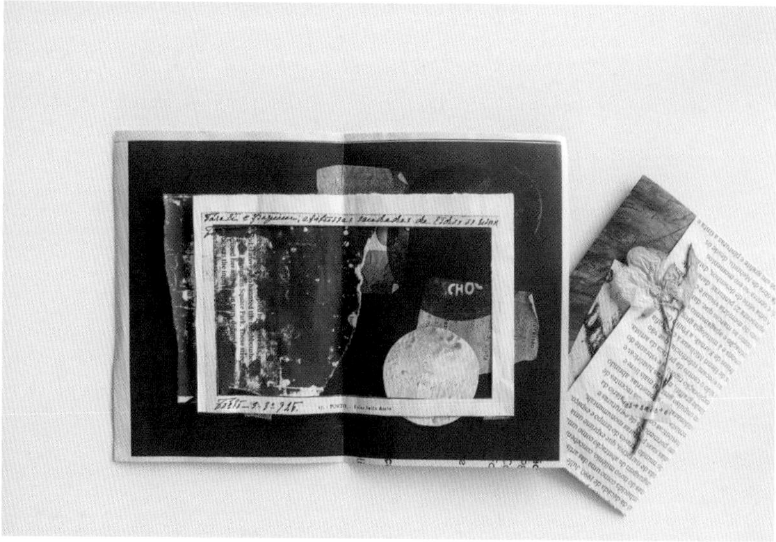

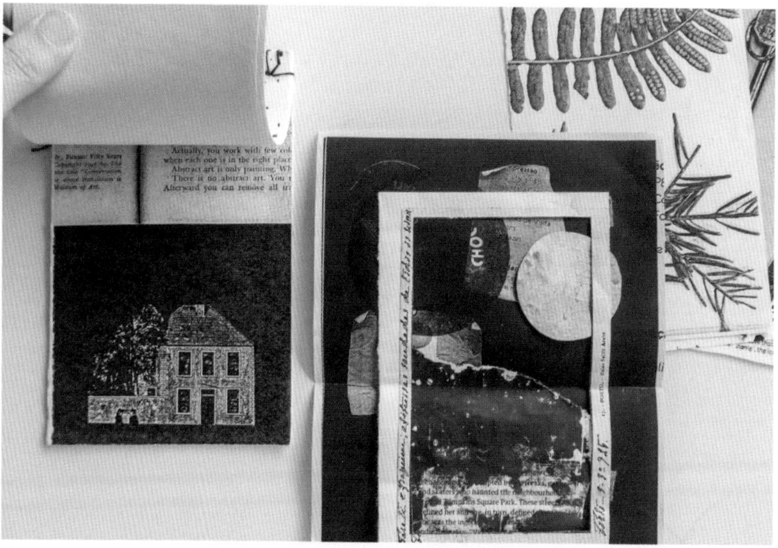

☞ '책'에 대한 고정관념을 깨면

대학 시절, 시각디자인과의 강의를 자주 청강했습니다. 타이포그래피, 책 디자인, 일러스트레이션 등 다양한 이야기를 들을 수 있었죠. 그중 아직까지 인상 깊게 남은 한 마디가 있어요. 바로 "책은 평면이 아니다"라는 말이있습니다.

신선한 충격이었습니다. 평생 저도 모르게 책은 '평면'이라고 생각해왔으니까요. 그런데 책은 진짜 평면인가요? 지금 여러분의 손에 들려 있는 이 책은 어떤지 살펴보세요. 평면보다는 입체적이고 곡선의 모습을 하고 있지 않나요?

책을 펼치면, 중앙을 기준으로 페이지들은 필연적으로 곡선을 그리게 됩니다. 이 곡선은 책을 얼마나 펼치냐에 따라 계속해서 변화합니다. 어느 페이지를 보고 있는지에 따라서도 좌우 곡선의 모양이 달라집니다.

이번엔 책의 종이를 자세히 보고 만져보세요. 종이는 무조건 흰색이 아닙니다. 매끈매끈하거나 거친 질감도 느껴지고요. 잉크 냄새가 나기도 해요. 손 위에 책을 올려보면 부피와 무게가 느껴집니다. 책은 평면이라는 관념에서 벗어나보세요.

요즘은 고정관념에서 벗어난 책들을 많이 만나볼 수 있습니다. 제작과 유통의 편의성을 위해 비슷한 크기의 책이 많은 대형 서점보다는 소규모 독립출판 시장에서 재미있는 책들을 많이 볼 수 있어요. 자유롭고 개인적인 주제들, 특이한 제본 방식, 종이가 아닌 재료로 만든 책들을 보면 이렇게도 만들 수 있구나, 이런 이야기로도 책을 만들 수 있구나 감탄하게 됩니다.

책은 낱장들이 모여 만들어진 '오브제'라고 생각해요. 사각형이어야 한다거나, 사이즈가 일정해야 한다 같은 '책은 이래야 한다'는 고정관념을 벗어날 수 있다면, 어떤 방식으로든 책을 만들 수 있습니다. 낱장으로 만든 스몰컬렉팅 작업물도 충분히 '책'이 됩니다.

☞ 나만의 순서대로 편집해볼까요

낱장의 종이로 스몰컬렉팅북 만들기를 시작한 경우, 완성된 낱장의 페이지들을 어떤 순서로 엮으면 좋을까요? 이 페이지 다음에는 어떤 페이지가 나오면 좋을지 짜는 일. 어쩌면 이 일은 영상 편집과 비슷하다고 생각해요.

책과 영상 모두 일단 콘텐츠와 이미지가 대체로 시간순으로 흘러가죠. 영상의 장면들이 순차적으로 나오는 것처럼, 책은 페이지들이 순서대로 넘어갑니다. 영상에서 어떤 장면 다음에 어떤 장면이 나오게 할지의 고민은 책 목차를 짤 때와 비슷하고요.

혹시 '영화는 편집의 예술'이라는 말을 들어보셨나요? 카메라가 무언가를 찍기 시작해 멈추기까지의 시간을 '쇼트' 또는 '테이크'라고 부르는데요. '몽타주Montage'는 각각의 쇼트와 쇼트를 결합해 특정한 의미나 효과를 끌어내는 작업을 뜻합니다. 관객에게 좀 더 감정을 몰입시키거나 영화 속 내용을 극대화하기 위해 사용되는 기법이라고 해요. 예를 들어볼게요. 뭔가를 빤히 보고 있는 남자가 찍힌 장면이 있다고 해볼까요. 이 똑같은 장면 다음에 케이크가 나왔을 때와 어떤 다른 인물이 나왔을 때 남자의 감정을 추측해보세요. 두 감정은 아마 서로 다를 거예요. 이처럼 뒤에 어떤 장면이 나오느냐에 따라 앞 장면이 다르게 인식되곤 합니다. 또, 영화에선 특정 분위기를 살리기 위해 풀샷과 클로즈업, 회상 장면 등이 갑자기 등장하기도 합니다. 이야기를 진행하는데 필수적이지 않은 장면들이 영화의 인상과 분위기를 좌우하기도 하죠.

몽타주와 같은 영화적 기법을, 책을 편집하는 것에 적용해볼게요. 우리가 만드는 스몰컬렉팅북도 수집하거나 작업한 시간순으로만 너무 정직하게 구성할 필요는 없습니다. 아예 다른 성격의 두 페이지를 충돌시켜 새로운 의미를 만들어낼 수도 있어요. 점점 고조되며 끝나게 구성할 수도 있겠고, 작은 요소들로 잔잔하게 흘러가다 갑자기 페이지 전체를 차지하는 무언가를 등장시켜 강한 충격을 줄 수도 있겠습니다.

표지를 넘기면 나오는 첫 페이지에는 어떤 장면을 넣고 싶은지 생각해볼까요. 그리고 연결되는 다음 페이지와 그다음 페이지에는… 그렇게 천천히 페이지들이 넘어갑니다. 제일 강조하고 싶은 페이지를 어떻게 보여줄지를 상상해보세요. 그 배열들이 어떤 이야기와 심상을 전달할지를 고민합니다.

순서를 짜는 방법은 정해져 있지 않습니다. 하지만 우리가 접하는 모든 콘텐츠들에는 순서를 고민한 창작자의 마음이 들어 있습니다. 어떠한 질서를 부여해서 전체적인 상을 보여주기 위해서요.

어렵고 복잡하게 생각하지 않아도 됩니다. '이 페이지 다음엔 이게 어떨까?' 생각하는 정도로도 충분해요. 내가 느낀 그 순서가 좋다면 그대로 실행하면 됩니다. 나만의 감각으로, 나만의 순서대로 페이지들을 구성해보세요.

☞ 우연을 따라가보세요

앞서 페이지의 순서를 고민해보자고 말씀드렸는데요. 이 고민이 '이성적인' 접근이라면, '감각적'인 접근을 하는 것이 더 잘 맞는 사람도 있습니다. 말하자면 느낌대로 하는 거죠. 사실 저는 가만히 내버려두면 사고가 이성적으로 흐르는 사람이에요. 그래서 때로는 일부러 생각을 내려놓고 감각적인 접근을 하려고 해봅니다. 의도나 목적 없이, 작업한 낱장 페이지들을 무작위로 집어 옆에 놓거나 앞뒤로 겹쳐 넘겨보기도 합니다. 갑자기 페이지를 반으로 접기도 하고, 일부분을 잘라내버리기도 합니다.

133쪽에서 수집품 이미지 요소들을 충돌시키며 새로운 것을 찾아갔던 것처럼, 이번에는 페이지들을 충돌시키며 내게 어떤 작용을 하는지 살펴보세요. 무작위로 페이지들을 배치해보세요. 논리가 없어 보여도 페이지들 사이의 시각적인 효과가 마음에 든다면 그대로 두어도 좋아요.

시작하기도 전에 정답을 정해두지 마세요. '이건 이래야 해!' 하는 작은 상자에 갇히지 않고, 가끔은 우연이 이끄는 대로 따라가세요. 카드를 섞을 때처럼 그저 '지금 좋다!' 할 때 멈추는 겁니다. 이렇게 어디에 도착할지 모르는 여정이 끝나면 처음엔 전혀 생각지도 못한 새로운 스몰컬렉팅북이 탄생하기도 합니다.

☞ **페이지들을 엮어요**

몇 년 전, 에든버러에서 북아트 수업을 들으며 하드커버 양장제본, 풀을 사용한 무선제본, 서양식 실제본, 동양식 실제본 등 다양한 방식으로 종이를 엮어 책을 만드는 방법을 배웠습니다. 동양인이 손재주가 좋다고 하는데, 저는 그 수업에서 최고 열등생이었습니다. 자를 대고 간격을 맞춰 정확하게 구멍을 여러 개 뚫고, 실을 통과시키는 순서를 지키고, 풀의 농도를 맞추고… 생각 이상으로 꼼꼼해야 잘할 수 있는 분야더라고요.

수업의 페이스를 한번 놓치면 멍청한 표정으로 '뭐야, 어떻게 된 건데?' 생각을 끝으로 손은 정지되어 있기 일쑤였습니다. (제본은 한번 꼬이기 시작하면 끝까지 따라가기 쉽지 않습니다.) 그러면 선생님은 안타까워하는 눈빛으로 바라보시곤 "오… 영민, 그렇게 하면 안 돼"라며 일대일 시범을 보여주시기도 했죠.

수업이 끝나면 다음주까지 오늘 배운 제본 방식으로 원하는 주제의 책을 한 권 완성해오는 것이 과제였어요. 저는 선생님의 배려에도 불구하고 교실을 나오자마자 배웠던 것을 새하얗게 잊어버렸고, 늘 마음대로 이상한 책을 만들어갔습니다. 하지만 선생님은 저의 아이디어를 재밌어 했어요. 제멋대로지만 매주 작은 책을 만들었던 시간은 새로운 실험을 할 수 있는 기회였습니다.

저는 페이지들이 엮어져 있기만 한다면, 그것 역시 넓은 범위에서의 책이라고 생각해요. 클립, 고무줄, 스테이플러, 링 등 주변에서 쉽게 구할 수 있는 재료와 도구를 이용해 페이지들을 자유롭게 엮어보세요. 전통적인 제본 방식을 쓰는 것보다 훨씬 더 재밌는 결과물이 나올 수도 있답니다. 이 책에선 쉽게 완성할 수 있는 '3홀실제본'과 '중철제본' 방식을 소개할게요. 천천히 따라 해보세요.

3홀 실제본

구멍 세 개를 뚫고 제본용 실을 이용해 종이를 묶는 제본법입니다. 구멍 세 개만 뚫으면 어렵지 않게 완성할 수 있어요. 그러니까 말하자면 아트북 세계에서 레벨1입니다. 그만큼 쉽지만 가장 자유도가 높은 방법이기도 하고요.

재료

제본용 바늘, 제본용 실, 송곳, 내지 종이, 표지 종이, 집게, 연필 등의 필기류

step 1

종이들을 반으로 접은 후 표지와 내지를 정렬해서 겹쳐줍니다.
이 중앙에 접힌 자국이 제본선이 될 거예요.

step 2

정렬한 종이들을 집게로 흔들리지 않게 집어줍니다.
제본선 위쪽(ⓐ), 중앙(ⓑ), 아래쪽(ⓒ)에 구멍을 뚫을 점을 표시해주세요.

step 3

표시한 점을 송곳으로 뚫어줍니다. (손 조심!)

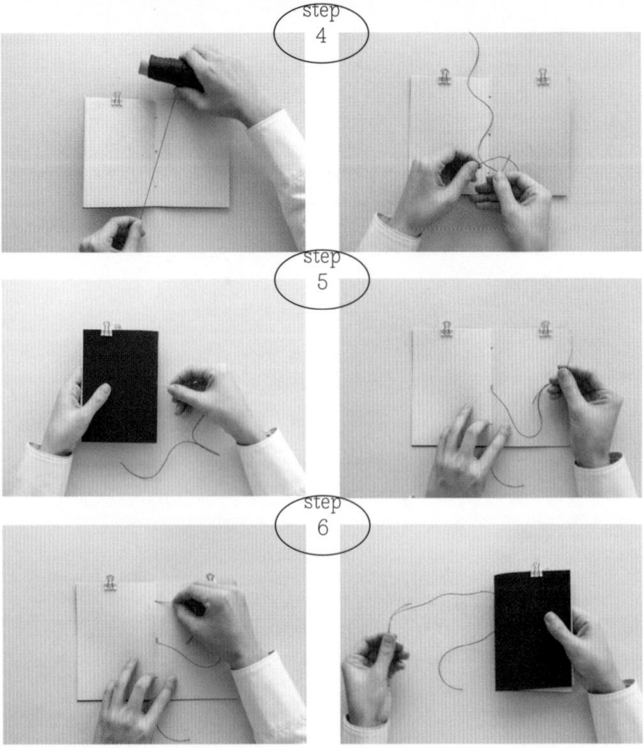

step 4

제본용 실을 바늘에 끼웁니다. 이때 실의 길이는
가장 위쪽에 뚫은 구멍(ⓐ)에서 가장 아래쪽 구멍(ⓒ) 간격의
2.5배~3배 정도의 길이가 적당해요.

step 5

종이 묶음을 바깥이 보이도록 접어주세요. 그다음 실을 끼운 바늘을
중앙에 뚫은 구멍(ⓑ)에 넣어 바깥에서 안쪽으로 통과시키세요.
실이 끝까지 다 빠져나오지 않도록 주의해주세요.

step 6

안쪽으로 나온 바늘을 이번에는 그대로 가장 위쪽 구멍(ⓐ)으로
통과시킵니다. 그러면 다시 바늘이 바깥쪽으로 나올 거예요.

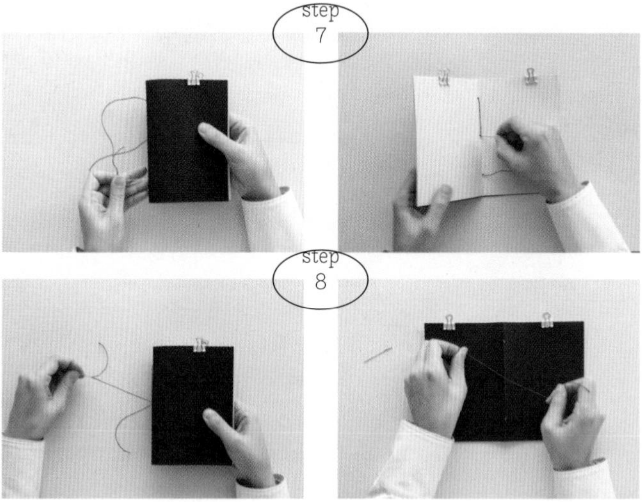

step 7

바깥으로 나온 바늘을 이번에는 가장 아래쪽 구멍(ⓒ)으로 통과시킵니다. 그러면 바늘이 종이 안쪽으로 올 거예요. 바늘을 다시 중앙 구멍(ⓑ)으로 넣어 안쪽에서 바깥쪽으로 통과시킵니다.

step 8

이제 실에서 바늘을 뺍니다. 실의 양끝이 전부 바깥쪽 중앙 구멍(ⓑ)에서 만날 거예요. 종이에 묶인 실이 느슨해져서 풀리지 않도록 팽팽하게 당겨준 후, 실을 두 번 묶어 마무리합니다.

tip

다양한 색깔과 사이즈의 종이들을 섞어 제본하면 더 재미있는 책을 만들 수 있어요. 표지 종이는 내지 종이보다 두꺼운 종이를 추천합니다.

중철제본

표지와 내지를 한꺼번에 반으로 접은 다음 다시 펴고, 접힌 선 위에 철심 혹은 미싱을 박는 제본 방식입니다. 가장 많이 쓰이는 방식 중 하나예요.

재료

스테이플러,
내지 종이, 표지 종이,
집게, 스티로폼

step 1

종이들을 반으로 접은 후 표지와 내지를 정렬해서 겹쳐줍니다.
종이가 접힌 자국이 제본선이 될 거예요.

step 2

정렬한 종이를 집게로 흔들리지 않게 집고, 스티로폼 혹은 높이가 있는 물건(심이 박혔다 빠져나올 수 있는 것)을 종이 아래에 대어 공간을 띄워주세요. 종이 바깥면이 보이게 뒤집은 다음, 스테이플러를 일자로 펼쳐 심을 제본선 위쪽에 한 번, 아래쪽에 한 번 찍습니다.

step 3

종이 안쪽에 튀어나온 스테이플러 심을 눌러 접어서 마무리해줍니다.
손이 다치지 않도록 칼등이나 단단한 도구를 사용해 접어주세요.

tip
중철제본은
제본용 스테이플러가 있다면
훨씬 쉽게 할 수 있습니다.

☞ 심지어 책이 아니어도 괜찮아요

내내 책과 노트 만들기에 대해서 말했지만 사실 종이 위에 해야 할 필요도 없답니다. 저는 책을 좋아하니 자연스럽게 그 형태에 맞춰 작업했어요. 많은 정보량을 담을 수 있다는 장점도 있고요. 하지만 꼭 책의 형태가 아니어도 됩니다.

포스터, 웹사이트, 스티커, 액자 등 나의 수집품들을 잘 보여줄 수 있다면 어떤 방법이라도 가능합니다. 벽을 하나의 커다란 페이지로, 인스타그램 피드를 움직이는 페이지라고 생각해보세요. 이렇게 보면 공간을 꾸미는 것, 온라인에 사진을 올리는 것 역시 스몰 컬렉팅북 만들기가 될 수 있습니다.

MERE ØKOLOGI
MERE DYREVELFÆRD
MERE GOD SMAG

OBERSALZBERGBAHN
SALZBURG AG
SALZBURGER
FESTSPIELE 2017
LIED

노트를 꾸미듯 액자 안에 수집품을 배치해 넣을 수 있습니다.

벽을 커다란 페이지라고 생각하며 스몰컬렉팅 공간으로 활용할 수도 있습니다. 다양한 이미지 요소들을 벽이나 사물에 붙여보세요.

만들기엔 정답이 없어요

낱장으로 스몰컬렉팅북을 만들 때 가장 좋은 점은 노트에 하는 것과 달리 결과물의 포맷이 정해져 있지 않다는 거예요. 정해진 것이 없으니 어디로든 갈 수 있죠. 창의력을 적극 활용하는 방법이고요.

내가 수집한 것들의 주제와 형식, 최종 형태가 어떤 모습이 되면 가장 좋을지 생각해보세요. 네모라는 틀에서 벗어나 아주 넓게요. 이것도 가능하지 않을까? 떠오르는 것이 있다면 바로 시도해보세요.

저는 워크숍을 할 때도 간단한 가이드 라인을 드리기는 하지만 '이렇게 완성해야 합니다'라고 절대 말씀드리지 않아요. 창작에는 정답이 없으니까요. 그저 몇 가지 힌트를 드리고, 그 안에서 자유롭게 만드시도록 해요. 많은 분들이

자기 안에 숨겨진 천재성을 끌어내며 신선하고 멋진 작업물을 만드는 장면을 정말 많이 봤습니다. 이 책에 실린 제스몰컬렉팅북 작업들은 하나의 예시일 뿐이에요. 단순히 따라 하기보다는 자신의 감각을 믿어보세요.

나만의 방식대로 관찰하고 수집하고 창작하는 과정을 반복하면 무언가를 보는 눈도, 만드는 손재주도 좋아집니다. 감각은 그런 식으로 성장합니다. 만들긴 했는데 뭔가 부족해 보이신다고요? 그런 느낌이야말로 내가 더 성장할 수 있다는 증거가 아닐까요. 다음에는 분명 더 멋지게 만들 수 있을 거예요.

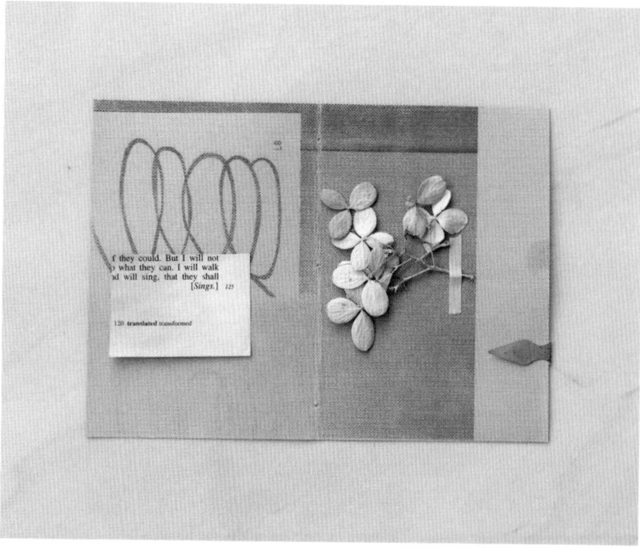

THANK YOU
PASSPORT
oyster

자아 성장 플랫폼 '밑미'의 리추얼 〈나의 경험을 노트로 엮어내기〉
오프라인 모임에서 함께 스몰컬렉팅북을 만들고 서로의 작업물을 구경하는 시간.

tip

혼자서 만드는 것도 좋지만 마음이 맞는 친구와 같이 해보세요. 다른 사람은 어떤 것을 발견했는지, 내가 생각하지 못했던 방식으로 풀어나가는 것을 가까이에서 보는 것은 큰 영감을 주곤 합니다. 갑자기 아이디어가 샘솟기도 하고요. 수집한 것도 자랑하고, 상대의 작업에 감탄하는 시간은 오래도록 기억에 남을 거예요.

more

독립출판물 내기

기성 출판사의 제작 · 유통 과정을 거치지 않고 작가가 직접 기획, 디자인, 인쇄, 유통하여 출판하는 것을 독립출판Independent publishing이라고 합니다. 몇천 부의 책을 찍는 대신 단 100부만을 만들어 유통할 수도 있어 비교적 상업적인 것을 고려하지 않고 여러 실험을 해볼 수 있습니다.

전국에 다양한 독립출판물을 취급하는 서점과 행사도 늘었습니다. 그만큼 독립출판물 제작자와 소비자들이 많아졌다는 것이겠죠. 독립출판 시장에서 볼 수 있는 책들의 주체성과 자유로움은 무척 매력적이에요. 저도 처음에는 '이 책을 좋아해주는 사람들이 있을까?', '이 책이 팔릴 수 있을까?' 하는 의문으로 독립출판물을 냈어요. 그래도 용기 내어 직접 만들고 판매했던 책들은 제게 새로운 기회를 가져다줬습니다.

내 손으로 만든 독립출판물들은 서울에서 제주도까지 다양한 지역에서 독자들을 만날 수 있었고, 행사에 나가며 새로운 만남도 생겼습니다. 독립출판한 책을 출판사를 통해 정식 단행본으로 출간하기도 했고요. 그리고 지금 이 책도 독립출판물을 계기로 시작되었습니다.

더 많은 이들에게 나의 기록을, 나의 시선을 알리는 것은 한 번쯤 도전해볼 만한 일입니다. 관심이 생겼다면 독립서점에 방문해 다른 사람들은 어떤 재미있는 책들을 만들었는지 살펴보세요. 그것 또한 스몰컬렉팅의 작은 시작이 될 거예요.

독립출판물을 판매하는 서점 '유어마인드'

small collecting

이제 나의 스몰컬렉팅북이

완성되었습니다.

어떤 책을 완성하셨을지 궁금해요.

책을 첫 장부터 천천히 넘겨보세요.

어떤 페이지가 가장 마음에 드나요?

그 페이지가 시작된 순간을 떠올려보세요.

우리는 스몰컬렉팅을 하며
순간들을 나만의 방식으로 기록했습니다.

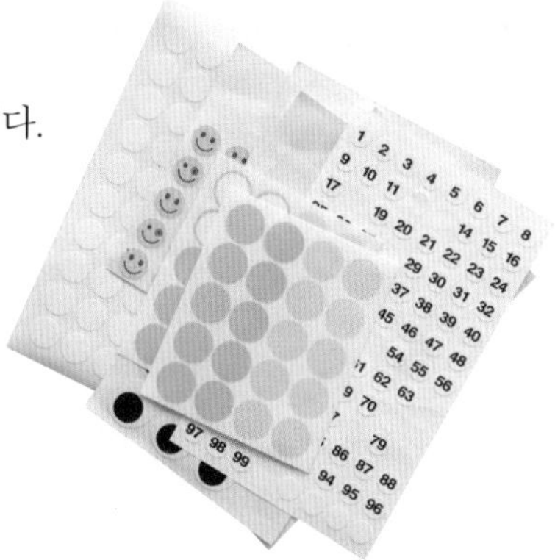

내가 좋아하는 것이 더 선명해집니다.
나를 조금 더 알게 됩니다.

지나칠 뻔한 순간을 나만의 감각으로 관찰하고,
기록하며 재창조해냈다는 것만으로도
일상과 여행은 조금 더 빛날 거예요.

그럼 다음 스몰컬렉팅북도
또 만들어봐요!

epilogue

이 책을 읽은 당신과
함께 되고픈 사람

감각이 좋다거나 센스 있다는 말을 종종 듣는 편입니다. 처음에는 부끄러워했어요. (사실 지금도 부끄럽지만요.) 그런데 여러 번 들으니 진짜 내가 감각 있는 걸까 생각하게 되더라고요. 그러자 나중에는 조금 자신감이 생겼습니다. 아마 제가 여러 방향의 스몰컬렉팅 작업을 계속해왔기 때문이겠죠. 스몰컬렉팅은 스쳐지나갈 뻔한 경험의 조각들을 건져 올려 나의 감각으로 정리하는 훈련이었습니다. 그렇게 키워진 감각은 책을 만들거나 그림을 그리는 일은 물론, 생활로도 이어졌습니다. 옷을 입는 일, 나의 공간을 꾸미는 일, 소셜미디어에 올릴 사진을 고르는 일까지도요.

나이를 먹을수록 생생한 기쁨을 느끼는 일이 적어집니다. 시간은 쏜살같이 흘러가고요. 너무 많은 것들에 익숙해진 것일까요? 점점 무뎌지더라도, 아름다움에만큼은 예민한 사람이 되고 싶습니다. 감각을 예리하게 곤두세우고, 작은 차이들을 알아차리고, 모두가 쉽게 예쁘다고 말하는 것 말고 나만의 것을 찾을 수 있는 사람이요. 숨어 있는 작은 아름다움을 발견하면서 살고 싶습니다. 그리 원대한 목표는 아니기에, 조금 더 의식하고 산다면 가능하다고 믿습니다.

늘 노트를 들고 다니고, 소소하지만 소중한 순간들을 발견하고 수집하는 사람, 매일 조금씩 작은 책들을 완성해 가는 사람, 경험을 계속해서 내 것으로 만드는 사람. 그런 사람이었으면 좋겠습니다. 이 책을 읽고 스몰컬렉팅북을 만들어볼 당신과 함께요.

이 책을 덮을 때 각자의 손에
나만의 스몰컬렉팅북이 들려 있기를 바라며,
영민

Editor's letter

이 책을 만들며 아름다운 것을 무척 많이 봤습니다. 책의 디자인은 물론이고(스튜디오 고민 ♥),
영민 작가님이 모은 작은 수집품, 그것들로 만든 '스몰컬렉팅' 작업들을 보면서요.
다른 사람들에겐 무용할 수 있는 것들이, 내겐 귀하고 예쁘다면 그 마음을 소중히 여겨보자고
책이 온몸으로 말하고 있는 듯했어요. 이 책을 다 읽고 나면 스쳐지나가는 순간을 간직하고,
일상을 기록할 힘이 생길 거예요. 우리 함께 무용한 것의 아름다움을 발견하고
사랑할 줄 아는 사람이 되어볼까요? **_현**

자기만의 방 에디터들은 책을 만들 때 꼭, 책에 나오는 내용을 따라 해봅니다.
이번에도 직접 내 눈에 예쁜 것들을 수집하고 노트에 붙여봤는데요. 스몰컬렉팅은 저에게,
뜻밖의 '정리 요정'이 되어주었어요. 아까워서 버리지는 못하고, 그렇다고 정리하지도 못하고
여기저기 방치되어 있던 조각조각들이, 이제야 제자리를 찾은 기분입니다.
스몰컬렉팅을 알기 전에는 잠시 제 주머니에 들어왔다가 시간이 지나면 버려지기 일쑤였는데 말이죠.
이제는 더 오래오래, 사랑으로 간직할 일만 남았네요! **_령**

작은 수집, 스몰컬렉팅

1판 1쇄 발행일 2023년 8월 14일
1판 2쇄 발행일 2023년 8월 28일

지은이 영민
발행인 김학원
발행처 (주)휴머니스트출판그룹
출판등록 제313-2007-000007호(2007년 1월 5일)
주소 (03991) 서울시 마포구 동교로23길 76(연남동)
전화 02-335-4422 **팩스** 02-334-3427
저자 · 독자 서비스 humanist@humanistbooks.com
홈페이지 www.humanistbooks.com
시리즈 인스타그램 instagram.com/_jabang
디자인 스튜디오 고민 **사진** 영민, 조아라
용지 화인페이퍼 **인쇄** 삼조인쇄 **제본** 해피문화사

자기만의 방은 (주)휴머니스트출판그룹의 지식실용 브랜드입니다.

ISBN 979-11-7087-021-0 03810

m

s a

l

l c

o

l

e

l

c

t

i

g

n